《破解科学》系列

生活在数字时代

丛书主编　杨广军

丛书副主编　朱焯炜　章振华　张兴娟

　　　　　　徐永存　于瑞莹　吴乐乐

本 册 主 编　常　识

本册副主编　娄彦顶

天津人民出版社

图书在版编目（CIP）数据

生活在数字时代 / 常识主编. — 天津：天津人民
出版社，2011.9

（巅峰阅读文库. 破解科学）

ISBN 978-7-201-07210-4

Ⅰ. ①生… Ⅱ. ①常… Ⅲ. ①数字技术—普及读物
Ⅳ. ①TN-49

中国版本图书馆 CIP 数据核字（2011）第 192859 号

天津人民出版社出版

出版人：刘晓津

（天津市西康路 35 号 邮政编码：300051）

邮购部电话：（022）23332469

网址：http：//www.tjrmcbs.com.cn

电子信箱：tjrmcbs@126.com

北京一鑫印务有限公司印刷 新华书店经销

2011 年 9 月第 1 版 2011 年 9 月第 1 次印刷

787×1092 毫米 16 开本 11.25 印张

字数：225 千字 印数：1—2000

定 价：22.50 元

卷 首 语

  这些事每天都在发生：我们享受着科技革命带来的各种便利，享受着互联网上的尽情冲浪，享受着移动电话中的畅所欲言……你可知道，数字时代已经不知不觉地到来了？

  数字时代意味着生活、学习、工作、娱乐方式都将以一种全新的面貌呈现，意味着衣食住行等方面都将出现革命性的变化，意味着各种新的科学技术、发明创造纷纷加速涌现，意味着很多科幻小说里的镜头将在今天成为现实……

  作为新时代的我们，是否知道数字生活到底意味着什么？我们的观念要发生怎么样的转变？我们都准备好了吗？来吧，让我们一起走进本书，一起漫游数字时代的生活吧。

目 录

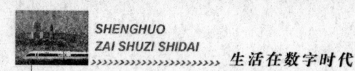

不只是吸引

——数字时代的服饰

　　"人靠衣装，佛靠金装"，从最初的遮羞防寒到后来的装饰修身，从基本的生活必须品到身份的象征，衣服被人们赋予着越来越多的作用和内涵。随着科技的发展，人类童话般的梦想开始被一一插上翅膀：星空下自己的衣服与星光交相辉映；不小心跌倒，起来时衣服一尘不染；和变色龙一样靠衣服藏匿在各种环境中……

　　相信未来的我们都能够得到一双属于自己的水晶鞋……

懒人的梦想——不用洗涤的服饰

当你在为身上的油渍懊恼不已时，当你在为洗不完的衣服腰酸背痛时，当你在为高等面料衣服的洗涤心疼发愁时，你想到的可能是洗衣液、洗衣机、洗衣店，但科学家们想到的却是怎样让衣服不用洗涤。例如制作出一种不吸尘土、不易被污染，可以自行清洁的衣服。即使调皮的孩子在泥里摔跤打架，妈妈也不用再担心生气了，因为这种衣服会使他们"出淤泥而不染"。

科学家对这种衣服的研究思路分为两个方向，一是让衣服不易弄脏，也就是不沾尘、不沾水。这个方向的研究已经有一段历史了，例如绝水雨伞、自洁玻璃、自洁浴具等，给我们的生活带来了很多方便。二是使弄脏后的衣服能够自行清洁，这个方向对技术的要求较高，因此还没有普及。如果这两个方向相结合，就真正实现了不用洗衣服的美好愿望。这种衣服到底是什么样的呢？我们一起来看一看。

◆ 一尘不染

◆ "绝水"雨伞

无尘衣

◆摩擦起电的梳子吸引轻小物体

◆服饰

不想把衣服弄脏，就要先知道衣服为什么会脏。除了皮肤的代谢产物外，空气及接触物品上的灰尘是脏污的主要来源，我们要做的就是让衣服沾不上灰尘。

接着问题又来了，衣服为什么会沾上灰尘呢？我们学过电学就知道，摩擦的物体能够带电，而带电的物体具有吸引轻小物体的性质。因此衣服随着我们的运动发生摩擦后，就很容易带电，从而就容易吸引灰尘及其他脏污，吸引的强度与材质有关。

原因找到后，我们只要尽力使衣服不易带电就可以了，一些特殊的洗涤剂就有这种效果。一般的除污办法是利用肥皂或洗衣粉的化学作用拆开相互吸附的脏污和纤维分子，也可以在合成纤维中加入一定比例的不易带静电的棉、毛、粘胶等纤维，以降低静电，减少吸尘现象。

随着科技的进步，人类生产出了涂有镍、铜或金等金属薄膜的纺织品，可以利用金属的导电性制作抗静电的无尘衣。金属薄膜的厚度不到1微米，因此，由它制成的无尘衣，除了重量稍有增加外，外观、柔软度、强度、抗皱性能等几乎与普通织物一样。逐渐的，人们又开始在纤维之中嵌入金属、碳黑等导电材料制作导电涤纶，原理是一样的，都是利用金属的导电性消除静电，从而大大减少了衣物对灰尘的吸引。

当然无尘衣除了不沾尘外，还要防止水、油及其他液态脏污，这是怎么做到的呢？善于观察的人们从大自然中找到了一些类似的模型，如不沾水的荷叶、蜘蛛网等，

◆不沾水的荷叶

加以研究发明了仿生材料。用这些仿生材料制衣就可以使衣服像荷叶一样不沾水、不沾油。

更新的无尘衣，是用预先经过"污"性处理的织物制成的。所谓"污"性处理，是使织物先吸饱、填满无色或与织物同色的人造"污"粒，使它没有余地再沾污，就像一个杯子装满了水就再也倒不进多的水了一样。日本已经生产了一种经过处理后油水不沾的灯芯绒，水、果汁、油等都丝毫不会沾污它，下雨时还可当雨衣。这种无尘衣虽经多次洗涤，功能仍然不减。将来人人都能穿上这种衣服，将会方便很多。

科技文件夹

荷叶原理

因为荷叶的表面附着无数个微米级的蜡质乳突结构。用电子显微镜观察这些乳突时，可以看到在每个微米级乳突的表面又附着着许许多多与其结构相似的纳米级颗粒，科学家将其称为荷叶的微米—纳米双重结构，正是具有这些微小的双重结构，使荷叶表面与水珠儿或尘埃的接触面积非常有限，因此水珠在叶面上滚动并能带走灰尘，而且水不留在荷叶表面。

自洁衣

◆阳光下的衣物

　　如果说不让衣服脏算厉害的话，那让脏了的衣服能自己变干净就该称得上神奇了。未来的世界就是能这么神奇。

　　澳大利亚莫纳什大学和中国香港理工大学的研究人员，利用纳米技术初步实现了这一神奇效果。他们将沾有红酒的自洁毛料经过几分钟光照，红酒污渍开始褪色，晾晒一天之后，酒渍完全消失。

　　自洁面料就是在普通的面料纤维中加入一层薄薄的纳米二氧化钛。纳米二氧化钛粒的直径仅为 10 至 50 纳米，相当于一根头发直径的 1/2500。混合形成的自洁纤维颗粒也非常小，100 万个颗粒合起来才相当于针尖大小。这种纤维颗粒可不断自我更新，它在阳光照射下所产生的颗粒与空气中的氧气发生作用，可以分解蒸发尘土和污渍，达到清洗目的。

　　这种材料一见到自然光或者紫外线就开始进行自洁。大家想象一下，以后我们不用再辛辛苦苦地洗衣服，也不用再担心因此而造成的水资源浪费问题，脏了的衣服、床单、被罩，尤其是我们不方便清洗的羽绒服、枕头等，只要简单地往阳台上一搭，一天的工夫自己就变得干干净净了，那将是多么幸福的事情啊。再想象一下，如果我们正穿着的衣服不小心弄上了脏东西，也不用着急换衣服，只要出门在太阳底下晒一晒，享受一下"日光浴"，就又干干净净了，这真是妙不可言。

不只是吸引——数字时代的服饰

科技文件夹

中文名称：纳米科学

英文名称：nanotechnology

定义：研究结构尺寸在0.1至100纳米范围内材料的组成、性质和特殊功能。

所属学科：生物化学与分子生物学（一级学科）；方法与技术（二级学科）。

万花筒

细菌自洁衣

还有一种衣服自洁的方法居然是使用细菌实现的。让细菌在衣物上生存、繁殖、吞噬污垢，从而创造出自我清洁的衣服。想象一下，你衣柜里的服装上滋生有多种被设定好的细菌，这些细菌可以吃掉你身上的汗液和产生臭味的化学物质，还有些细菌会分泌保护性涂层及防腐剂，从而能防水和延长衣物的寿命。这是多么不可思议呀！

病人的福音——监测健康的服饰

随着生活水平的提高，人类开始越来越多地关注自身的健康问题，用高科技和各种病魔作斗争，效果也十分显著。可由于平日对健康的监测手段和监测力度的不足，对于慢性病及突发病症，我们似乎还显得十分无力。这也正是未来科技所要重点解决的问题。

健康监测的方式有很多钟，各种监测仪器也层出不穷。可要想实现随时随地的健康监测，唯有随身的衣物才能真正做到。于是监测仪器开始越变越小，小到可以嵌入服饰，甚至织入布料，也就是我们说的智能衣。智能衣从心率、血压等角度对身体指数

◆健康监测

进行观测，随时为我们的身体报警，可以让有慢性病的人们可以尽快发现、尽早治疗，防止病情恶化。而爱美的女士也可以因此保持理想的身材，不用再为减肥煞费苦心。智能服到底是什么样子呢？我们一起来看看吧。

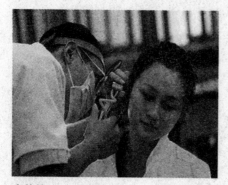

◆体检

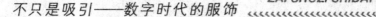
监测对象

医生们希望智能服装能够监测病人的病情发展情况，教练们希望它能够监测运动员们的各项身体指标，政府希望它能够监测特殊环境下工作人群的身体状况，爱美的女士们希望它能够监测自己的身材是否标准……这么多的需要，这么多的标准，到底是通过什么方式呈现的呢？

我们的生命体征有很多参数，例如身高、体重、心率、血压、体温等等，任何一种指标的失常都能反映出我们身体内的症状。因为要利用衣服进行监测，所以我们要选择一些特殊的、易于识别的监测对象。

科学家们过去常选用心率及体温，但这些有时不能及时地发现病症，于是新的监测对象如汗液，逐渐走进科学家的视野。

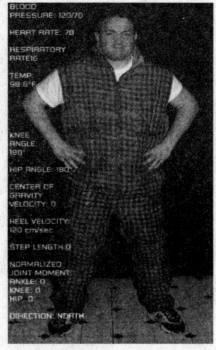

◆监测各项身体指数

小知识——7 项生命指数：

空腹血糖不能高于 5.6 毫摩尔/升；

血压不能高于 120 毫米汞柱，不能低于 80 毫米汞柱；

血脂总胆固醇不能高于 4.6 毫摩尔/升；

腰围男不能高于 90 厘米，女不能高于 80 厘米；

体重指数不能高于 24 公斤/平方米；

零吸烟；

每周运动不少于三四次，每次有氧运动不少于30分钟。

监测过程

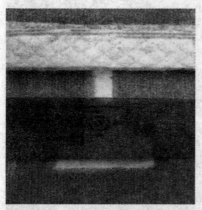

◆可穿戴式传感器

要想得到数据，要先实现对汗液的收集和感知。如果是让你感受一下汗液，我们所能描述的就只有汗液是冷是热，是甜是咸，这显然是不够的，怎样才能得到精确的数据呢？这就要靠传感器帮忙了。

第一步，就是在衣服上安装一个传感器，对我们体表汗液的多少、酸碱度以及其中所含各种离子的百分比进行监测分析。第二步，传感器会将探测到的信息进行转化，以数字形式输出，与标准值进行对照。在比较中，就可以发现问题，及时提醒人增减衣物。

链接——传感器

中文名称：传感器
英文名称：sensor；measuringelement；transducer
定义1：
能感受规定的被测量并按照一定的规律转换成可用输出信号的器件或装置。
所属学科：机械工程（一级学科）；传感器（二级学科）；传感器一般名词（三级学科）。
定义2：
接受物理或化学变量（输入变量）形式的信息，并按一定规律将其转换成同种或别种性质的输出信号的装置。
所属学科：煤炭科技（一级学科）；矿山电气工程（二级学科）；煤矿监测与控制（三级学科）。

不只是吸引——数字时代的服饰 ≪≪≪≪≪

类似于这个过程，我们现在已经实现了一些指标的监测，但问题的关键在于怎样让这个传感器尽可能地小，小到能够嵌入衣物，甚至织入布料中。另外，由于穿着的需要，还要使布料的材质尽可能舒适，不怕褶皱。

小资料——生活中的传感器

1. 楼梯走道：电灯的触摸开关；

2. 电饭锅保温：到达沸腾温度（居里点）即停止加热；

3. 电子温度计：精确测量人体体温；

4. 手机等的触摸键：无需机械按压，即可进行操作；

5. 电熨斗：熨烫衣物自动控制温度，使衣服不会被烫坏；

6. 汽车称重：在限重路段为汽车称重；

7. 自动门：当人靠近时会自动开关；

8. 厕所便池：人如厕后会自动冲水。

◆触摸式电脑键盘

技术发展

◆生命指数监测

比较早的生命体征传感器就像左图一样，庞大、缺乏灵活性，不能实现对病人随时随地的监测，更谈不上嵌入衣物内。经过科学家们的努力研究，未来将会实现衣物与传感器的完美结合。

目前已实现的智能衣物，都是与金属或光纤结合的，虽然初步实现了我们理想的效果，但它们很脆弱，易被损坏、腐蚀，而且穿起来也不舒

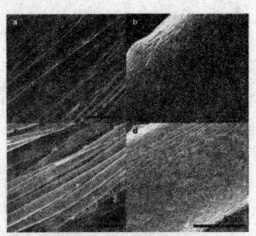

◆智能织物

服。现在科学家们利用纳米技术，使传感设备越来越小，在达到目的的同时，保证了柔软细致的质地。

　　智能织物正在向更轻、更薄、更舒适的方向努力着，也就是向我们未来的智能服饰努力着，相信在不久的未来，我们就能用它来保护家人的健康了。

衣随心动——随心变色的服饰

我们都知道，自然界中的许多生物，在季节变化或环境变化时，能够改变自身的颜色，从而更适应环境，利于生存。我们人类虽然没有得到上帝这样的恩赐，却得到了智慧女神的垂青，我们可以应用智慧，自己创造出随时间随环境变色的衣服。

当我们穿着一件衣服出入不同的场合：在聚会上，它变得绚丽无比、灿烂夺目，能够衬托出自己优雅的气质；在家里，它会变得清新柔和，能够衬托家的温馨；开心了，它能色彩变得亮一些，让我们更加快乐；难过了，它能色彩暖一些，暖暖我们受伤的心……这就是未来随心变色的变色服，就让我们来领略一下它的神奇吧！

变色的创意不是人类与生俱来的，而是受了大自然中其他生物的启发，向它们学习，然后创造性地为我们所用。所以变色衣的故事，要从大自然说起。

◆变色布料

◆蝴蝶

自然界中的变色衣

在云南省傈僳族自治州，有一种 4 米高的神奇木本花卉。它的花蕊呈金黄

◆变色花

◆变色龙

色颗粒状，而花瓣的颜色则是不断变化的：早晨花开时为淡红色，到了正午就变成了白色，下午3时左右呈粉红色，夜里9时为深红色，深夜12时左右又变成玫瑰色，次日下午4时就凋谢，人们称这种花为"变色花"。

　　大家还听说过变色龙，这种产自东半球、适于树栖生活的爬行动物，也能进行体色变化。变色龙的皮肤会随着背景、温度的变化和心情的变化而改变。其变色机制是：植物神经系统控制含有色素颗粒的细胞（黑素细胞），扩散或集中细胞内的色素。许多种类能变成绿色、黄色、米色或深棕色，常带浅色或深色斑点。雄性变色龙会将暗黑的保护色变成明亮的颜色，以警告其他变色龙离开自己的领地；有些变色龙还会将平静时的绿色变成红色来威胁敌人，目的是为了保护自己，避免遭袭击，使自己生存下来。

　　另外，我们还见过蝴蝶的翅膀，在阳光下，从不同角度看呈现不同的颜色。但这并不是变色，而是一种光学现象，和肥皂泡在阳光下呈现出绚丽的光彩原理是一样的。这些都为科学家们研究变色服提供了思路。

早期的变色衣

　　利用已有的变色生物，这就是人类制作变色衣的最早思路。

　　早在古埃及时，君主亚历山大二世就发现了一种花，色彩可以神奇地变幻。于是便命令臣民采摘变色花朵，用它的汁液染出变色的布。令人惊叹的是，这种布料晾干后真的出现了色彩变化的效果，这就是变色衣的最初模型。

后来人类还受蝴蝶的启迪，研究变色衣。在南美流域栖息着一种美丽的蝴蝶，它们靠翅膀中无数显色和不显色磷片，受光的反射和折射显露出艳丽的色彩。科学家便将两种

◆蝴蝶翅膀上的鳞片

热收缩性不同的聚合物混合织成丝，得到具有潜在"扭曲"性能的扁平断面纤维。用这种丝织衣时，将纤维的扁平面垂直于织物表面，这样，进入肉眼的正反射光减少，而光主要被纤维吸收和反射，便产生变色效应。这种原理制成的变色衣，随着角度或弯曲程度变色，相信大家也都在生活中见到过了。

科学家们正利用多种变色原理，多方向地研制各种变色衣。虽然早期的变色衣已经初步实现了衣服变色的梦想，但由于技术不够，对变色的控制不到位，还没有太多的实用价值，这正是未来变色衣所要解决的主要问题。

轻松一刻

《扬子晚报》一篇报道说，2030年，人们的衣服将天天变，因为那时"百变衣"将问世。此报道说这种神奇的衣服是由变色纤维制成的，由服装设计师将纤维颜色输入计算机芯片储存，每天由计算机控制纤维的颜色变化。这样，顾客只要买一套衣服，就可以在一个月内天天穿出不同花样。

未来的变色衣

◆飞利浦公司开发的"善解人意"的服装

未来的变色衣形形色色，满足不同人群的需要。

军需部门的变色衣，要能吸收环境光波，使布料呈现与环境一样的颜色。士兵如果穿上这种变色衣，在草地上衣服变成绿色，在沙漠中衣服又变成黄色，起到迷惑敌人保护自己的作用。

舞台上表演用的变色衣，要能够实现颜色随舞蹈的变化。舞者们穿上这种变色衣，衣服能跟着舞者的舞步节奏、摆动力度以及身体各部位的不同温度而产生色彩的变化，从而呈现出更加绚丽的舞台效果。

医疗部门的变色衣，利用上节讲的监测健康的衣服原理，使身体状况的变化通过衣服颜色更明显更直观地表现出来。病人穿上它之后，医生就可以随时观察到病人体温的变化，及时了解病人的健康状况。用这种材料制成的婴儿尿布，能在婴儿尿湿尿布时立刻改变颜色，提醒大人注意。

未来最奇妙的变色衣，当属能随人的心情变化而改变颜色的衣服了。这种服装的面料上涂有一层"液晶墨汁"。由于液晶墨汁对温度极其敏感，只要温度稍有一点变化，墨汁对光线的反射性能就随之改变。所以当人们激动兴奋的时候，体表温度上升，衣服立刻由黑变红，当情绪平静下来，衣服又变成了黄色、绿色或蓝色等。

我们想象一下，在此基础上，我们是不是可以实现心情好的时候有衣服来分享，心情不好的时候有衣服来安慰呢？

　　我们相信，未来会出现更多、更美好的变色衣！

来无影去无踪
——神奇的隐身衣

    在古希腊神话中，帕尔修斯脚穿飞鞋，头戴隐身帽，用宝刀砍下了梅杜莎的头。大家都熟悉的机器猫多啦A梦，也能从口袋里掏出大雄期盼的隐身衣。这几年风靡全球的小魔法师哈利波特，也有一件父亲留下的神奇隐身衣，帮助他自由游走于霍格沃茨魔法学校的各个角落，并最终战胜了可怕的伏地魔。于是，拥有一件如此神奇的隐身衣变成了无数小朋友，甚至是成年人的梦想。所以，大批科学家非常热衷于进行这个方向的探索，相信在不久的将来，我们都能成为可以隐身的神奇魔法师！

    我们都知道隐身衣实现的来无影去无踪，并不是让我们自身消失，而是让我们在他人的眼中消失，这到底是怎么实现的呢？我们一起来看看吧。

◆机器猫与哈利波特

早期的隐身衣

早期的隐身衣主要是实现衣服与所处环境的一致性，从而让他人看来自己和环境融为一体，不易分辨，从而达到"隐身"的目的。

这种思路来源于动物。因为优胜劣汰的自然法则，动物们为了能够隐藏自己、躲避天敌的捕食，经过世世代代的自然选择后，变成了今天与生存环境相近的颜色。例如枯树蝶、老虎、豹子等。前面我们也说过，有些动物体色会随环境而改变，从而更好地实现在不同环境下的隐蔽，如变色龙等。这些现象为人类提供了隐身衣最初的设计思路。

 自然选择

自然选择是指环境条件对于生物的变异进行选择，从而导致适者生存、不适者淘汰的过程。自然选择是进化生物学中最核心的概念，同时也是导致生物进化的关键因素。

例如，英国有一种桦尺蛾，在1850年前都是灰色类型。1850年在曼彻斯特发现了黑色的突变体。19世纪后半叶，随着工业化的发展，废气中的 H_2S 杀死了树皮上的灰色地衣，煤烟又把树干熏成黑色。结果，原先歇息在地衣上得到保护的灰色类型，这时在黑色树干上却易被鸟类捕食；而黑色类型则因煤烟的掩护免遭鸟类捕食反而得到生存和发展。于是黑色类型的频率迅速提高，灰色类型的频率则不断下降。到19世纪末，前者已由不到1％上升至90％以上；后者

◆桦尺蛾的自然选择

则从90％以上下降为不到5％。这种情形就是人们所能看到的自然选择。

　　这种早期的隐身衣常见于军事上，迷彩服较好地实现了对士兵的隐匿保护，减少了战场上的伤亡。但由于这种隐身衣要求与环境的相似度较高，且要求环境单一、不能变化，所以不能被广泛应用。因此，促使了新型隐身衣的出现。

◆隐身衣

隐身原理

◆看见书本是因为太阳的反射光

　　首先我们要知道，我们之所以能看到东西，是因为有光进入了我们的眼睛。具体的说，我们能看见一个物体，要么是因为这个物体本身发出的光进入了我们的眼睛，要么是因为有光源照在这个物体上，在物体上发生了反射后，反射光进入了我们的眼睛。总之，要想看见物体，就必须有光。因此，我们不难想象，如果自己身上的反射光不能顺利进入对方的眼睛，对方就看不到自己了，也就是我们"隐身"了。

阻碍反射光进入眼睛的方式有很多种。举个简单的例子，如果在你和物体之间用不透光的物体挡着，那么你肯定看不见物体。再想象一下，你身后的物体原本是看不到的，但如果在你面前放一面镜子，那么镜子将改变物体上反射光的光路。如果反射光能进入你眼睛，你就看到物体了。同理的，我们利用这个改变光路原理，也可以让原本能看见的物体在眼前消失。从前有魔术师把埃菲尔铁塔"隐形"，为了让铁塔的反射光不进入观众的眼睛，他将看台旋转了半圈，让观众们看另一个方向，于是铁塔消失了。可见，"隐身"有多种实现方式。

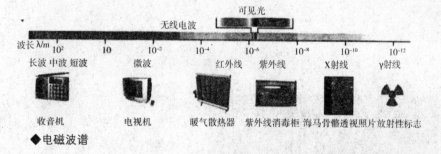

◆电磁波谱

总的来说，改变光路的方法从原理上来说不外乎两种：一是物体表面吸收电磁波（可见光属于电磁波谱），使反射光消失。另一种则是改变物体对光线的折射率，让电磁波遇见物体时"拐弯"，从而绕过需要隐身的物体。科学家们正向着这两个方向，研究未来的隐身衣。

其实，在自然界中也存在着让光反射异常的材料。例如天然蛋白石就因其具有不完全光子带隙结构

◆天然蛋白石

而有强烈的反光，并且向不同的角度发反射出不同颜色的光彩。这种光子带隙结构存在于蝴蝶翅膀、孔雀羽毛以及海老鼠的毛上，正是由于这种特

殊的结构，使本来无色的生物体显得色彩斑斓。但迄今为止，科学家至今尚未发现天然的隐身物质。

科技文件夹

光是一种人类眼睛可以看见的电磁波（可见光谱），是整个电磁波的一部分，光谱范围大约为390～760nm。

光是以光子为基本微粒组成，具有粒子性与波动性，称为波粒二象性。

光的速度，在真空中为每秒30万千米（精确数字为299792458m/s），光从太阳到地球只需八分钟。

未来的隐身衣

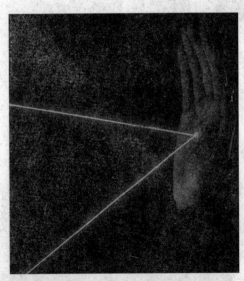

◆光的反射

有人会问了，为什么一般情况下，光照到物体上会反射呢？为什么不会从旁边绕过去呢？

这是因为光子非常非常小，远远不只是肉眼看不到，而且对于普通的材料来说，无论看上去多么光滑的材料，对光子都好像雨点打在鸟巢体育场那样大的粗糙核桃壳上一样，总是会向各个角度反射出去。因此，只有把材料结构做到比光子还小，才有可能让光线如激流经过鹅卵石一般从物体表面滑过。

科学家们正在努力研制这种超材料，将光的折射减少到几乎为零，使得碰到隐身衣的光线发生弯曲，绕过隐身衣覆盖的物体，人们就看不见物体了。

有趣的是，当你穿上这种隐身衣，别人确实看不见你了。可是与此同

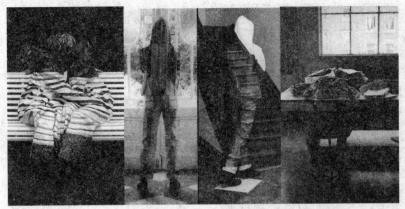

◆荷兰艺术家 Desiree Palmen 的作品，带我们体验神奇的隐形世界

时，你也像被关在黑屋子里一样，看不见外界的事物了。唯一的解决方法就是在隐身衣两个眼睛的地方挖两个洞。如果有一天，你看见两只眼睛在空中游荡，哈哈，别慌张，那只是隐身衣罢了。

至于这两只眼睛怎么解决，那就需要更高的科技水平了。但放心，科学家们已经开始研究这个问题了，相信未来我们也能拥有一个神奇的斗篷，带我们游走于哈利波特的奇幻世界。

另类的隐身衣

2004 年，日本东京大学工程学教授田智晋也发明出了一种很酷的"透明服"，可以从人前看到人后的一切，从而达到"视而不见"的隐性效果。

这件"透明服"利用了视觉伪装技术，其原理是利透明服后的摄像机，把影像传送并映射到前面具有回射功能的衣服表面，使人能看到着装者背后的影像，

◆日本研制的"透明服"

◆威尔斯的科幻著作——《隐身人》

如同人是透明的。

简单点说，就是在身后放一台摄像机，用来记录身体后面的画面；于此同时，身体前面放一个屏幕，来播放后面录制的影像。那么，中间的这一段就相当于被隔过去了。当然，说起来简单，实际要解决的技术问题是很复杂的。首先，要在衣服的后侧安装摄像头，要求摄像效果要逼真。然后，更困难的技术在于让衣服的前侧整体成为一个显示屏，而且要能把后面的影像均匀地播放出来。日本研制的这种隐身衣，在一定程度上实现了隐身效果。

显然这种"透明服"的观众一定会感到很不舒服，而且一旦变换角度，"透明服"的隐身效果就要大打折扣了。不过，每种发明都有它自己的意义，这种思路，如果是应用到一些对隐身效果要求不高的领域，还是非常

◆隐身的梦想

有用的。

当然，因为人类隐身的梦想，科学家们还在尝试着更多更好的隐身方式。高深的科学技术，需要大家学习更多的知识才能明白，同学们，加油啊！

美丽不再 "冻" 人
——冬暖夏凉的四季服

◆超人的四季服

炎炎夏日，滚滚热浪，我们恨不得脱掉身上所有的衣服，可淑女的矜持和绅士的风度让我们层层叠叠，大汗淋漓。寒冬袭来，朔风凛冽，我们恨不得裹上厚厚的棉被，可是美丽"冻"人啊。为了美丽，美女们还是宁愿在风中颤抖。这时候，要是能有一件冬暖夏凉，四季兼宜的服饰出现该多好啊！

当今的科技，已经在双向地研究适合夏冬两季的服饰。让夏服尽可能清凉，冬衣尽可能薄而保暖。真丝衣裙、保暖内衣的出现已经大大方便了我们的生活，但我们还有更大的愿望，要是这两者可以结合，衣服不用增减即可防暑御寒，岂不更方便？未来的四季服就是这种幻想的产物。这一篇我们就一起来看一看冬暖夏凉的四季服。

四季服的双向作用，很像我们生活中的空调，夏天穿上可以遍体生凉，而冬天穿它则不畏寒冷，因此也可以叫做"空调服"。这种服装是用一种经过特殊处理的衣料制成，可将温度控制在人感觉舒适的范围。四季服有多种实现方式，科学家们从电子技术、材料技术等方面向四季服迈进。

各种材料的四季服

科学家们已经研制出一种中空纤维，像羊毛、木棉、羽绒等天然纤维一样，这种纤维内部具有空腔，由于空腔中充满了空气，所以保暖性能很好。假如在空腔中充入保热性能胜于空气的氮气，保暖性能会更好。不过，利用中空纤维制成的四季服，还要经过特殊处理，在加工时掺入溶剂和气体。当周围气温降低时，溶剂就会凝结而把气体驱入管状纤维使它膨胀，衣服因此显得紧密厚实。加上纤维内充有气体，衣服的保暖性能便大大提高了。当周围气温上升时，溶剂又融化成液体。溶剂融化时吸热，具有一定的"制冷"效果。这时纤维恢复原状，衣服变薄，孔隙增加，透气性好，穿着就觉得凉快多了。这种衣服特别适宜在一天中气温变化剧烈地区穿着。如果在寒暑不十分悬殊的地区，从春到冬，有这样一件衣服，也就足够了。

◆聚砜中空纤维超滤膜

◆中空的隔热保温功能，已经广泛应用于我们的生活中

◆卡通人偶里面非常闷热，有时会安装小型降温设备，就像一件"空调服"

德国科学家研制出一种热反应纤维，这种纤维织物对温度非常敏感，可以随体温而变化。如果在聚合物的溶液或熔融液中掺入许多极微小的特殊液体，纺成的化纤就包含无数肉眼难以辨别的微小液滴。数九寒天，纤维中的液滴分解出的气体形成气泡，使纤维膨胀，织物孔眼关闭，从而使衣服变得蓬松并因此增强保暖性能；三伏酷暑，气泡重新变成液滴，纤维收缩，使织物的孔眼张开，衣服又变得稀疏凉爽。最后，再把它们做成晶体服装，就可以代替传统的"单、夹、棉"衣了。

电子式四季服

电子式的四季服很容易理解，原理类似于我们生活中的电热毯，但不同的是，它不需要人来调节温度。这种衣料里编织有微小的电热、冷却和通风的材料，并有许多微型的传感器，通过微触头与人体皮肤接触。这些传感器就就像好多支细微的温度计一样，记录出皮肤的温度。我们就可以自己设定一个舒适的温度，当测量的温度偏离了设定的温度范围时，就自动地进行调整，维持恒定的温度。

◆电热毯

乐随衣动——能说会唱的服饰

◆享受音乐

工作的繁忙中、学习的压力下，你停下匆匆的脚步，打开音乐，随着旋律放飞心情。时而像小溪穿过丛林，时而像激流涌入大海，时而像小花静静绽放，时而像小鸟欢悦枝头……那种惬意，为我们的生活增添了无限色彩。越来越多的人爱上了音乐的精灵，希望它能时刻陪伴在我们身边，随叫随到。

从老式唱片、录音机，到随身听、CD机，再到MP3、MP4，音乐精灵离我们越来越近。但人类不会满足，探索的脚步从未止步，音乐精灵终于成了我们随身的伙伴。以后，只要穿上这种能说会唱的衣服，无论何时何地，碰碰衣袖，我们就可以尽情的享受音乐了。不用任何外带设备，不用担心会没电，何等惬意……

◆音乐头盔

其实此类功能的衣服有些已经实现了，只是由于成本等问题还没有普及，也有些更为高级，还有待研发。这一节就带大家领略一下。

已有的音乐服饰

边滑雪边听音乐应该是很放松的吧，摩托罗拉就推出了一款电子滑雪外套。这款滑雪服不仅配备了全套娱乐设备，还具有完备的通信系统。滑雪夹克还附带了的头盔和软帽（内置蓝牙耳机），如下图所示。

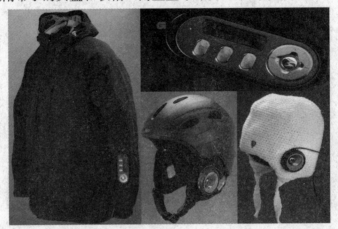

◆摩托罗拉推出的电子滑雪外套

蓝牙系统的遥控器设置在滑雪夹克的左手臂上，可以和 MP3、手机等设备相连。通过内置的蓝牙立体声系统，穿着者可将下载的音乐从移动电话上无线传输到外套上，按一下袖子上的按钮，就能够收听音乐和拨打电话。而帽子上的两个独立扬声器则能营造出专业的 3D 环绕效果。这种滑雪夹克和蓝牙系统绝对是滑雪爱好者的最强装备。

◆Code M System 球鞋式 MP3 播放器

不只是吸引——数字时代的服饰

鞋也能唱歌！美国 DadaFootwear 公司推出了一款具有 MP3 功能的篮球鞋，这款球鞋有着完整的音频播放功能。如上图，MP3 的主体部分在鞋子的后跟上，鞋的侧边为高性能扬声器喇叭，也可以直接通过无线蓝牙耳机进行音乐的欣赏，最大有效距离约为 76.2 厘米。

这款鞋通过 USB 接口可与电脑连接进行数据的传输，虽然 DadaFootwear 公司没有说明该球鞋式 MP3 的容量，但它可以存储 100 首歌曲，电池可进行 6 小时的音乐播放。想象一下，当你穿上这双鞋运动时，音乐从足底飘出，多么浪漫啊！

◆太阳能服饰

◆当我们听着音乐开车或者过马路，音乐声音不能太大，避免交通事故的发生

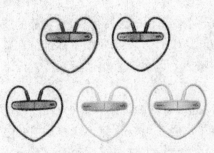

◆索尼一款 MP3

◆太阳能比基尼

看到这儿，你可能会问了，上面这些服饰都要充电，还要担心电池没电的问题，有没有不用担心电量问题的音乐衣呢？这个问题好解决，或许你已经猜到了，对，太阳能！

比基尼带来的不只是性感，它居然能给 MP3 充电！纽约大学的安德鲁·施奈德（AndrewSchneider）设计了一款太阳能比基尼，这件比基尼是用导电纤维将许多约 2.54 厘米和 10.16 厘米的光伏薄膜条板缝制在一起而做成的。其装有 40 个灵活的光伏电池，可产生 5 伏的输出电压，通过附带的 USB 接口，可以给 MP3 这样的小配件充电。施奈德说，只需晒两个小时的太阳，就可以把一个 MP3 充满电。这样，在沙滩享受日光浴的时候，就可以尽情享受音乐乐趣，而不用担心断电了。

未来的音乐服饰

回顾过去，展望未来，对于已实现了的音乐服，我们还能进行怎样的改进呢？

从穿着角度来说，我们肯定希望它越来越薄，越来越舒适。这有待材料技术的进一步发展，使播放设备进一步缩小，且同时更加柔软轻便。从音乐角度来说，现在的音质水平已经可以了，那么就要从操作方式上下手了，未来的音乐服应该更易操作。现在的很多种操作方式都可以和音乐服相结合，已经实现的主要是按键操作和触控操作，下面我们来看看其他技术。

声控技术。声控指的是通过声波的震动达到控制单位的联通或者断开。原理是将声波信号转化成电信号，根据电路元件的改变，实现电路的通断。现在声控技术已经广泛应用于我们的生活

◆声控许愿灯

中，例如声控开关、声控娃娃、手机的语音识别等等。试想有一天，你穿着舒适的音乐服，简单地说声"播放"，音乐精灵便灵敏地跳出，那简直比阿拉丁的神灯精灵还听话啊。

动作感应技术。顾名思义，是指仪器根据你的动作，执行命令。从技术原理上看，首先需要采集你动作的三维数据。采集方式有三种：一是接触式；二是非接触式；三是逐层扫描方法。总之，就是要让仪器"感应"到你的动作。下面就可以设定命令动作了，比如拍手放音乐，再拍手停止等，记录在衣服里。

◆运动传感器

以后就可以根据动作进行操作，这种技术不仅方便了我们的使用，还让我们的音乐服完全个性化，多可爱啊！

百变士兵
——未来战场的军用服

◆未来军用服

　　大家看过美国大片《特种部队》吧。还记得里面那种穿上以后就能跑得超快，跳得超高的超级盔甲吗？它可以让人以每小时 50～65 千米的速度奔跑，而且非常坚固，可以撞穿墙壁。片中在巴黎凯旋门附近有一场场面浩大、超级酷炫的追逐戏，就是男主角穿上加速盔甲在巴黎街头追逐白幽灵和侯爵夫人。相信每一个看了这些镜头的观众都会为这些特殊的服装兴奋不已，甚至会畅想我们的士兵也能有这样的超级装备。

　　当然，那些是科幻电影里面的镜头，在现实中还没有那么强大的装备。但是，在我们数字时代的军队里却也有很多让你惊叹不已的特种军服。在很多时候，它们对于军人来说，不仅仅意味着一件服装，更是一种保护，甚至是一种武器。这可不是在牵强附会，如果你对此还有所怀疑，那么请跟我来，我来带你认识一下数字时代我们新型的"战袍"。

隐身军用服

　　隐身服前面我们已经讲过了，具体到军用服，我们常利用军服变色，使其与环境一致，其实就是变色服，来实现"隐形"。据报道，美国已经研制成功了一种新型的能变色的隐形军服。这种军服采用"有源"系统，以近似迷彩图案的金属涂层置于织物表面，用电源来调节金属涂层的温度和热辐射强度，使之与所处的背景环境相一致。战士们穿着这种军服，在任何情况下都能根据环境变化及时调整自己军服的颜色，并向外发出红外辐射，使自己的红外特征与周围环境保持一致。这样，不但人的肉眼难以发现，而且连热成像仪和雷达也难以发现，从而使敌侦察系统看不见、侦察不到。比如，当战士穿上它走进丛林时，军服能变成黄色和绿色；而走进雪地时，马上又会变成白色，与环境交融，浑然一体。

◆隐身军用服

科技文件夹

　　红外热成像仪（热成像仪）是通过非接触探测红外能量（热量），并将其转换为电信号，进而在显示器上生成热图像和温度值，并可以对温度值进行计算的一种检测设备。

　　它无须借助星光、月光，而是利用物体热辐射的差别成像。屏幕亮处表示温度高，暗处表示温度低。性能好的热成像仪，能反映出千分之一度的温差，因而能透过烟雾、雨雪和伪装，发现隐蔽在树林和草丛中的车辆、人员，甚至于埋在地下的物体。现代步枪热成像仪的可见距离约 1000 米，有的坦克热瞄准具可见距离达 3000 米。

恒温军用服

　　要想让衣服恒温，就必须能够变温，这就是我们前面所说的四季服，只是操控要求没那么高。简单的恒温军用服已经实现了。这种军服将使用一种微气候及动力装置，可利用一种自控、背包式轻型制冷系统调节军服温度，维持穿戴者 4 小时的热平衡，保证舒适。穿上它之后战士将处于一个小气候环境里，温度可随所在环境的不同任意调节。这种军服需要战士在腰间佩戴电池，已保证供电。未来的数字时代，我们可以结合太阳能服饰的供电系统原理，改进军用服，用太阳能为服饰供电，减少战士负重。

防雷军用服

　　地雷在战场上很常见，战士如若不幸踩到地雷，重则一命呜呼，轻则断足断腿。如果军用服能达到防雷效果，对战士来说真是天大的福音。英国德比郡的艾吉斯公司已研制出一种防地雷军服，战士和救援人员穿上它以后，即使

◆抗战作品——《地雷战》

踩到地雷也能保全腿脚。这套军服的独特之处在于，它的靴底比着普通登山靴要厚2.5厘米，并在树脂材料中包裹了细小的石子颗粒，能够形成三道"防线"，可将地雷产生的爆炸力逐步化解。英国皇家军事科学院对新型防地雷军靴进行的测试表明，军靴踏上含75克炸药的地雷后，最多能将90%的爆炸能量有效吸收。

防虫军用服

生活中，尤其是夏天，蚊虫的骚扰让人痒痛难忍，不过好在我们有许多方法止痒。可战场的潜伏往往是在敌人眼皮底下进行的，要求潜伏的士兵必须在预定的位置像磐石一样一动不动，不论什么蚊虫爬到腿上、手上、脸上，甚至是钻到脖子上和裤子里，再痒再疼都不能动，否则就会暴露目标，引来杀身之祸。为此，澳大利亚军方研制出了一种特种军服即杀虫防疫军服，它用一种叫"佩里真"的高效杀虫剂浸泡过，蚊虫只要一叮上它就厄运难逃。

"抗荷"军用服

对空军来说，他们有着更大的危险。因为当战斗机突然加速爬升时，由于惯性和离心力的作用，飞行员的体内血液会急剧流向下身，造成头部缺血，从而容易因为失去知觉而导致摔机事故。英军早已注意到了这一点，并想到了根据长颈鹿的皮肤原理制作一种抗荷飞行员服装。

◆法国幻影2000

这种新颖的"抗荷服"内有一装置，当飞机加速时可压缩空气，并对血管产生相应的压力，这比长颈鹿的厚皮更高明了。从而在很长一段时间解决了超高速歼击机驾驶员在突然加速爬升时因脑部缺血而引起的痛苦。但是，20世纪末出现的数倍于音速的超级高性能战斗机，使得这种"抗荷军服"难以胜任。于是，美国空军在它的基础上，又研制出了电子气动抗荷调压军服，进一步提高了"抗荷军服"的抗超载能力，使像美国最先进的F—22超音速战斗机、俄罗斯苏—39战斗机和法国幻影2000改进型战斗机的飞行得到了可靠的安全保证。

原 理 介 绍

长颈鹿的皮肤原理

长颈鹿是目前世界上最高的动物，其大脑和心脏的距离约3米，完全是靠高达160～260毫米汞柱的血压把血液送到大脑的。按一般分析，当长颈鹿低头饮水时，大脑的位置低于心脏，大量的血液会涌入大脑，使血压增得更高，那么长颈鹿会在饮水时得脑充血或血管破裂等疾病而死。但是裹在长颈鹿身上的一层厚皮紧紧箍住了血管，限制了血压，从而保障了长颈鹿的生命安全。

"救生"军用服

◆救生军用服

朋友们，你们肯定经常在一些战争电影里见到诸如此类的镜头：飞行员从即将坠毁的飞机上跳伞；水兵从即将爆炸的战舰上跳海；负伤的士兵从敌人的追捕中逃生。这个时候你肯定会想：在他们的战友找到他们之前，他们将如何生存呢？他们会不会因为负伤等情况而牺牲呢？这一点，数字时代的士兵就不用担心了。只要他们身上穿的是救生军用服，他们一定会安然度过孤身一人的时间。

这里我们以飞行员的救生服为例，简单介绍一下此类军用服的情况。飞行员驾驶战斗机执行飞行任务的时候，如若遇到紧急情况，就必须选择跳伞。飞行员即使是成功地跳伞，比如说降落到海上以后，如果没有专业的救生设备，生还的希望还是非常渺茫的。因此，对此类的飞行员救生衣性能有特殊的要求，首先要有很好的浮力，其次还必须便于

◆中国的海上救生衣

识别寻找，能尽可能长时间地维持其在海上的生存，以及对付水生动物的袭击。

飞行员的海上救生衣多为背心式，除胸前有 4 个木棉浮囊外，在浮囊的突出部分还备有吹气管。飞行员跳伞落水后，可自己吹气，以增加浮力，使上半身浮出水面。此外，背心上还设有救生袋子，里面有微型电台、染色剂、防鲨剂、海水淡化剂、防风火柴、指南针、救生口粮等。目前，世界上最先进的救生衣还配有无线电信标机，它能自动发出遇难信号，报告出事地点，以便飞机搜索救援。

其他军用服

前面我们对一些特殊的军用服装做了详细的介绍，相信大家已经对这些军用服有了初步的了解。其实，对于军人这个特殊的群体来说，他们还有很多特殊的任务。那么与这些特殊任务相应的，就还会有一些我们并不经常听说的军用服装。以下就是一些特殊军服。它们虽不常用，但对于军人来说也是必不可少的。

"净化"服装。此类服装可以随时随地，将任何水源转化为纯净的可供直接饮用的水，可适合各种天候的作战需要。

"能吃"的服装。它主要适用于在险恶的环境下执行特殊任务的士兵。这种军服是由可食用的氨基酸、蛋白质构成的，可供士兵短时期内的营养

供给。

　　"防化防辐射"服装。此类服装主要是应用在化学武器以及可能出现的核武器的战场。它由纳米材料制成，比一般的防化服的防护能力要强很多倍，可以完全隔离各类的化学药品侵袭和各式各样的辐射。

　　随着人类社会的发展及军工科技的进步，数字时代还将会出现更加人性化、更加先进的军用服。战场不再是寸土必争，你死我亡的打打杀杀，很可能未来的战争胜负就取决于那一件件蕴含着人类科技精华的军用服。

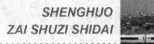

只有想不到
——其他的未来服饰

未来的世界充满梦想，未来的世界充满希望，只有想不到，没有做不到，我们未来的服饰拥有无限可能。有可以吃的衣服，可以防身的衣服，可以模拟拥抱的衣服，可以漂浮的衣服……

这些服饰，虽然有了基本思路，但实现起来需要高端的技术支持。它们中有的现在还没有可行方向，有的甚至实现起来会很难，但一切皆有可能，我们可以尽情想象……

可穿戴电脑

◆可穿戴电脑

我们看到很多科幻电影里有一种神奇的服装，将电脑随身带着，可以随时查阅资料，十分随心，其实这种电脑已经初步实现了。可穿戴电脑是将电脑制成"聪明"的布料，在里面埋上电脑芯片和传感器。电脑的外形多种多样，有的可别在腰带上，有的可放在口袋里，有的可挎在肩上，甚至可以分散地藏在衣服中。它的显示器可以像护目镜一样戴在头上，镜片是特殊材料制成的。它既能显示电脑的内容，又不

◆皮带上的电脑

◆可穿戴电脑

会挡住视线。

瑞士苏黎世的特罗斯特教授已经开发出一种"QBIC 式可穿戴电脑平台"。在汽车制造厂里面，工人们可以身穿一种带有计算机的腰带，电池和其他附件都可以绑在腰带上面，而显示器则变成了一副眼镜。工人们从镜片上面就可以得到计算机指令的帮助。工人穿在身上的电子设备可以发射电波，通过辨别电波频率的不同，判断工人位于生产线的哪一个位置上。然后工人戴在头上的耳机会向他们解释，在那个位置上应该做哪些工作。戴上这种眼镜，镜片上面的图像看起来就像是真的在你的眼前。只要你把眼睛调到另外一个焦距，就能穿过眼镜的镜片看清面前的情况。也许现在还不能很完善地实现，不能让穿上的人十分舒适，但相信将来，这种电脑服会更加舒适和方便，普及到各个行业的。

同电脑一样的，未来其他电子产品也将越来越小，成为我们服饰的一部分，越来越方便我们的生活。

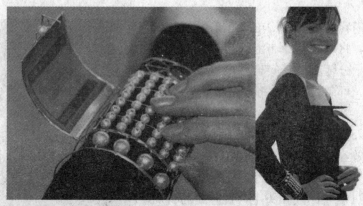

◆手链式数字产品

◆USB 记忆手表

全球定位的服饰

孩子永远是父母的宝贝，只要孩子不在父母的视线范围内，父母就不会停止担心。为了减少父母的担心，现在市场上已经有了为孩子设计的全球定位手机，可手机毕竟是"身"外之物，孩子们很容易弄丢。所以，科学家们想到了全球定位的衣服。

结合全球定位系统与数码相机功能的童装就是这种想法的产物。服装内装有全球定位系统，不仅有助于父母查找儿童的行踪，而且相机还可以拍摄孩子的活动情况。这样父母就可以放心地做自己的事情了。

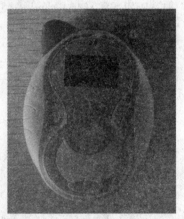

◆AGPS 学生定位手机/儿童手机

侦查攻击的服饰

据美国疾病控制中心报告，美国每年大约有 850 万起家庭暴力事件发生。但是，因为这种伤害的证据很难收集，通常只有受伤证明和目击者的证词，因此受害者的合法权利很难得到保障。

◆家庭暴力

美国麻省理工学院的技术专家亚当·威顿和设计师约利塔·努根特联手制造了一套可穿戴系统，可以侦查出粗暴的推拉、虐待和殴打甚至抢劫，从而帮助受害者提供被伤害的历史证据，配备的电脑还可提供合适的治疗方案，因此受到了人们的欢迎。

此穿戴系统的初样是一款连帽上衣，有较大的纤维压力传感器缝合在衬垫里。传感器被分布在 8 个体位中，包括胸部上方、胃部、前臂等处，分别测量来自体外的压力模式和强度。当受害者遭受暴力时，能够记录受害信息，并能够再现受害过程。

这种衣服除了能给受害者提供保护之外，还可以给孩子和老人提供看护，可以监测孩子和老人被照顾的情况。

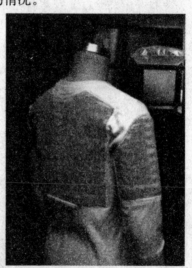

◆侦查攻击的服饰

可漂浮的服饰

韩国威光贸易公司推出了一种叫"超强漂浮纺织品"，这对不会游泳的"旱鸭子"来说，是件令人兴奋的事情。该公司在釜山进行了一次公开表演，让30位体格健壮的男大学生穿上这种材料制成的背心，他们便能毫不费力地在水上漂浮。

这种织物是用低密度聚乙烯发泡体制成的。只要用300克这种纺织品，就可让130公斤重的人在水上轻松地漂浮。此外，还有一种用空心膨体化学纤维做成的救生衣，穿上这种衣服，如果不慎掉入河里，由于膨体化学纤维浸水后30秒内能膨胀18倍，像套在身上的一只"救生圈"，从而使人浮在水面上，达到救生的目的。

拥抱衫

每个人都喜欢甜蜜的拥抱，衣服也可以有这样的功能。这种叫做"拥抱衫"的T恤，面料里加入了能与手机等电子设备互通信息的传感器，它对穿着者周围的电子设备非常敏感，只要有外界信息进来，它马上就会紧紧地拥抱你一下。

这种T恤比较适合那些经常漏接电话的人士穿着，当你被幸福地拥抱了一下的时候，你就知道该看自己的手机了。

◆拥抱衫

最合身的服饰

◆人体彩绘

　　我们都喜欢合身的服饰，未来有这样一种服饰，没有任何衣服能比这种服装更合身了。它就像人体彩绘一样，几乎能与你的身材完全契合，这就是令人感到不可思议的喷涂服装。

　　这种衣服你在买的时候只能选择颜色，根本看不到衣服的款式。它就像一管发胶，按一下上面的按钮，彩色的涂料就会如雾般喷洒而出，迅速在身上凝结成薄薄的一层，而且不会与皮肤或是别的衣服粘在一起，你可以轻松地把它脱下来，想穿时再穿上，十分轻便。

　　未来的神奇服饰，还需要大家更多地动脑子。那么，你还想让未来的服饰为你做什么事情呢？

安得广厦千万间

——数字时代的城市

　　每天，当你穿梭在人潮拥挤的城市里时，不得不感受着熙熙攘攘的人流给你带来的压迫；当你走在喧闹的大街上时，不得不忍受着各种各样的噪音以及各种交通工具排出的废气；当你想享受一下大自然的美好时，一抬头看到的却是冷冰冰的钢筋混凝土建筑……

　　你是否幻想会有一天，在我们的城市里不仅有先进的科技生活，还有大自然的清新气息；你是否也期望有一天，我们的城市不仅有安宁闲适的环境，还有丰富多彩的人性化建筑。现在，就请随我一起畅想一下我们数字时代的城市吧。

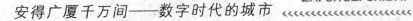

梦中的花园
——未来的城市蓝图

据 2005 年的人口统计数据，全世界的人口大概是 64.7 亿，这已经是一个相当庞大的数字了。然而根据计算，每十二年全世界增长的人口大概是 10 亿。如果就按照这个速度增长下去，到公元 2800 年左右，地球上每个人的人均占有面积只有不到四十平方厘米，大概和一个十岁小孩子双脚所占用的面积差不多，那意味着如果是一个成年人的话还要踮着脚站立。

确实，这一系列的数字让我们清晰地看到我们的居住形势正在变得越来越严峻。是不是我们就只能坐以待毙了呢？这肯定是不会的。随着人类科学技术的不断进步，人类会不断地运用自己的聪明才智来使这一切问题得到解决。那么下面我们就来看看在未来的数字时代，我们是如何来巧妙地解决这个难题的吧。

年份	人口总数
1804	10 亿
1927	20 亿
1960	30 亿
1975	40 亿
1987	50
1999	60
2005	64.77 亿

同学们，你们可能一出生就在城市生活，城市特有的生活方式已经在你身上打上了深深的烙印。那么，你知道吗？自从城市这个概念在人类社会中诞生以来，它就始终代表着这个社会最先进的科学技术发展趋势、最

◆未来城市

发达的人类文明，它是人们经济、政治和社会生活的中心。可以这么说，城市化的程度是衡量一个国家和地区经济、社会、文化、科技水平的重要标志，也是衡量国家和地区社会组织程度和管理水平的重要标志。因此，基本上每一个发达国家的发展史都是一个城市化不断深化的过程。

随着城市化的不断发展，人们在不断享受着城市给我们带来的各种便利和快捷。可与此同时，伴随城市生活而来的也有很多的烦恼，种种城市生活的难题也在不断地困扰着人们，如环境污染、交通拥挤、居住条件差、治安问题严峻等等。

你是否知道，随着人类社会的不断发展，人类科技的不断进步，我们的城市将会是什么样子呢？那么，我们现在就一起去展望一下我们城市的将来吧。

生态城市

生态城市是一个经济发展、社会进步、人民生活、生态环境四者保持高度和谐的人工复合生态系统。城市环境及人居环境清洁、优美、舒适、安全，失业率低、社会保障体系完善，高新技术占主导地位，技术与自然达到充分融合，能最大限度地发挥人的创造力和生

◆生态城市

产力。它有利于提高城市文明稳定、协调、持续发展。

生态城市中，住宅的每个角落四季都是阳光明媚，既不需要取暖的炉子，又不需要空调。供热系统可以通过太阳能热水器获取足够的热量。另外，这些建筑物还冬暖夏凉，室内的自动温控系统能根据人体的需求自动调节温度。建筑物中的一切能源都不依靠外界供给，更无须传统的供电站送电。它的电源来自一种可以储存太阳能的阻挡层光电池，这种电池把获取的太阳能转化为电，并将其储藏在电池里。当冰箱、烘干机、洗衣机、洗碗机、电吹风乃至剃须刀等家用电器需要供电时，阻挡层光电池就把电输送给这些家用电器。

◆生态城市

◆生态城市

在这个人工复合生态系统里，人们拥有自觉的生态意识和环境价值观，人口素质、生活质量、健康水平、社会进步与经济发展相适应。经济的生态化表现为：采用可持续发展的生产、消费、交通和居住发展模式，实现清洁生产和文明消费，推广生态产业和生态工程技术。对于经济增长，不仅重视数量的增长，更追求质量的提高，提高资源的再生和综合利用水平，节约能源、提高热能利用率，降低矿物燃料使用率，研究开发替代能源，提倡大力使用自然能源。

海上城市

地球上四分之三的面积是海洋，而且随着地球变暖，海水面积还会进一步增大，因此建设海上城市是解决人类居住问题的重要途径。

陆地延伸、海上漂浮，海上城市的梦想不仅有了一定的理论基础并已在逐步实施中。对于海上城市的详细描述，我们将单独列为一部分在下面的章节详细讲述。

◆海上城市

海底城市

◆海底城市

把城市建在海底，可以不占用海面和地面，并且便于开发海底资源。从海面往下，随着深度的增加，波浪的破坏力逐级递减，因此即使海面波涛汹涌，海底依然风平浪静。这给我们在海底建立和陆地一样的城市提供了可能。

这种城市包括许多圆柱体，中部设学校和办公室，上部设医院和住宅，高级住宅设在圆柱体突出海面处，能享受到阳光和新鲜空气。突出海面的部分有供直升机起降和船舶停靠的平台。当特别巨大的风暴和海啸来临时，为躲避风浪，露出海面的上层部分可以通过特殊的升降装置降落到海面以下。整个城市的用水从海中获得，能源可以利用海水表层和深层的温差进行发电来获得。通过模仿鱼类呼吸的人工鳃技术，人们可以

安得广厦千万间——数字时代的城市

◆海底城市

方便地在浅海区游泳和嬉戏，而没有溺水之虑。

另外也有人设想，把城市设计成可以同海底基座脱离的形式，当有海底地震和海底火山爆发的预报时，城市与海底的基座脱离，充气上浮到海面，并迁移到安全海域，降落到预先准备好的备用海底基座上。

地下城市

在不久的将来，你将看到一种前所未有的城市形式：地下城市。地下城市将成为人类创造的奇迹之一，它的许多优越性将会受到人们的垂爱。根据科学家们的设想，未来将有1/10的人口迁居地下。从而创造一种新型的城市形式，并且大大缓解人类的居住压力。

由于地震时地表以下比地表以上更为稳固，地下城市不太会受到地震之灾的影响。几近不变

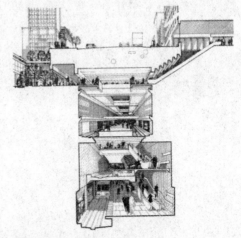

◆地下城市结构图

的地下自然温度使得地下城市能够保存更多的有效能源，因此地下城市结构将有助于缓解一个国家能源依靠外来供应的状况。

地下城市的一部分将配有透明的圆屋顶，可以使居民对天空和星星一览无余。地下城市的地理结构，其实是一个由隧道连通的巨大的地下城市空间网。每个网络站由商店区、旅馆和办公区组成，都同几个游乐场的网点连接起来，网络站之间也通过隧道连接起来。地下城市的建筑群至少可

供 50 万人居住。

　　同学们，看了上面的介绍，是不是已经喜欢上这些未来的城市了？不要着急，我们一起好好学习、努力创造，随着科学技术的进步，相信不久的将来，你会是这些城市的一员。甚至，你还会成为这些神奇城市的创造者呢！

凌霄宝殿是我家
——太空城市

亲爱的同学们，你们看过电视剧《西游记》吧？还记得电视剧里那些关于凌霄宝殿的镜头吗？在电视里，传说中的神仙居住在手可摘星辰的天宫，过着逍遥自在、衣食无忧的生活。你是否也曾梦想过有一天能像他们一样无忧无虑地居住在高高的天上，仰起头就可以看见触手可及的晴朗星空，弯下腰就可以如天神般俯瞰辽阔大地？

其实，这些对于我们来说，将不再是梦想。随着科学技术的飞速发展，尤其是航空航天技术的飞跃，我们将来居住在高空已不再是梦。甚至，我们还可以居住在距离地球很远的其他星球，或者是悬浮在太空的太空城市。到那个时候，如果真有神仙的话，我们就可以和神仙做邻居了，没事儿串串门、聊聊天、喝喝茶、交个朋友什么的或许也是可能的哦！

◆太空城市

我们为什么要移居太空

◆马尼拉一条被垃圾污染的河流

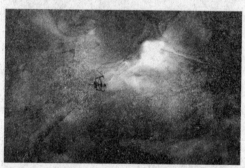

◆美国德克萨斯州被油污染的水域

每天我们都自由自在地呼吸着新鲜的空气，饮用着纯净无污染的水，吃着可口的饭菜，很少或者从来没有为食物、为生存发过愁。那是因为我们要想获取这些东西并不是很难，只要我们辛勤栽种、努力工作，这些东西都不是问题。

但是你想过吗？我们的地球就这么大，资源数量是一定的，我们的需求在不断增长，我们就像一群饥渴的吮吸地球母亲奶水的孩子。殊不知我们的地球也会老去，也会青春不再。更不要说我们周围越来越严重的环境问题、全球变暖的危机了。那么，到了那个时候我们该怎么办？你可能会说，我们可以开发新能源，我们可以净化水源，我们可以创造新型食物。但是，有一条你是改变不了的，我们的人口在不断增长，等到有一天我们的地球只剩下站脚的地方时，我们离灭亡就不远了。

那么我们就这么坐以待毙吗？其实，在尽可能减少污染、开发新能源的同时，我们还可以寻找新的栖息地，而无边无垠的太空就将是我们未来的居住地之一。早在20世纪初，星际航行研究先驱、俄国科学家康斯坦丁·齐奥尔科夫斯基（KonstantinE. Tsiolkovsky）就指出："地球是人类的摇篮，但人类不能永远生活在这个摇篮里。开始时，他将小心翼翼地穿过大气层，然后便去征服整个太阳系。"他早已为人类移居太空勾勒了一幅令人神往的美妙画卷。

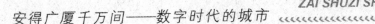

名人介绍——康斯坦丁·齐奥尔科夫斯基

康斯坦丁·齐奥尔科夫斯基(1857—1935)，俄国和苏联科学家，现代航天学和火箭理论的奠基人。1857年9月5日出生于俄国伊热夫斯科耶镇（今属梁赞州）。童年因病辍学，后来主要靠自学，读完中学和大学数理课程。1880年开始在卡卢加省博罗夫斯克县立学校任教并开始研究工作。研究课题有：金属气球（飞艇）、流线型飞机、气垫火车和星际火箭的基本原理等。1903年发表了世界上第一部喷气运动理论著作《利用喷气工具研究宇宙空间》，提出了液体推进剂火箭的构思和原理图，并推导出在不考虑空气动力和地球引力的理想情况下，计算火箭在发动机工作期间获得速度增量的公式，为研究火箭和液体火箭发动机奠定了理论基础。十月革命后，齐奥尔科夫斯基的才智得以充分发挥。在研究喷气飞行原理方面卓有建树：提出了燃气涡轮发动机方案，解决了航天器在行星表面着陆的理论问题，研究大气层对火箭飞行的影响，首次探讨从火箭到人造地球卫星的诸问题。齐奥尔科夫斯基一生撰写了730多篇论著。1932年苏联政府授予他劳动红旗勋章。1935年9月19日在卡卢加逝世。

◆康斯坦丁·齐奥尔科夫斯基

◆宇宙探测

在太空城市居住可以避免很多在地球表面居住需要面临的危险，例如人口爆炸或大型物体（陨星）落入海洋造成的海洋袭击陆地。虽然单个的太空城市很可能还没有地球安全，然而很多太空城市聚集在一起就可以增

◆太空矿产

◆勘探太空资源

加人类在其上面生存的可持续性。太空城市给了人类从地球向外转移的机会。

地球上能够发现的物质多数在太空中也可以找到，而且太空还存在大量的能源。如果可以在太空城市中采矿或生产，这样的企业就可以得以赢利。初始投资可能需要很大，但是它潜在的赢利空间却是无限的。例如，一些提议称，太空城市中的一个家庭或一家公司的收入可能会是在地球上居住家庭或公司的3或4倍（尚待证明）。而且太空生活或创业的成本也比较低。一些提议估计，在大型经济型太空城市中每英亩的土地成本大约仅有3万美元（每平方米7.5美元）（尚待证明）。虽然太空城市的农业土地价格昂贵，但是城市土地价格却比较便宜。

由于太阳系中存在许多可以用来建造太空城市的物质，而且太空城市还可以脱离行星引力让运输这些建筑材料的成本变得相对比较便宜，所以大型的太空城市系统是可以让很多人在其中永久性地生活工作的。和外空间相比，地球面积是相当小的，现在地球人口密度过大，人类在上面显得非常拥挤。

躲开行星的阴影，太空城市随时可以利用太阳能。科技公司发明的极大而又极薄的聚光镜能够持续收集到充足的阳光。而且，除了太阳能之外，太空城市还可以利用核能。

因此，在地球外的空间里，只要技术水平能达到，我们有无限的空间可以利用，我们可以住在任何地方，而不用担心资源和居住空间等问题。

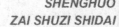
到那个时候，堵车、环境污染等一系列的问题也就不再是问题了。

移居太空的三大条件

太空，我们从电视里面看起来确实很漂亮，很空旷，但是它对我们来说还是个很神秘的空间。自从 1957 年 10 月 4 日世界上第一颗人造地球卫星上天以来，到 1990 年 12 月底，前苏联、美国、法国、中国、日本、印度、以色列和英国等国家以及欧洲航天局先后研制出约 80 种运载火箭，修建了 10 多个大型航天发射场，建立了完善的地球测控网，世界各国和地区先后发射成功 4127 个航天器。其中包括 3875 个各类卫星，141 个载人航天器，111 个空间探测器，几十个应用卫星系统投入运行。目前航天员在太空的持续飞行时间长达 438 天，有 12 名航天员踏上月球。但是，人类要想进入太空生活，绝对不会像是你坐火车去旅游一样轻松，稍微一不小心就可能让你面临失去生命的危险。

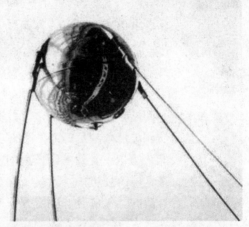

◆第一颗人造卫星

◆太空行走

从物理学上来讲，太空是一个高度真空、无重力、强辐射、温度变化非常剧烈的极端恶劣环境。人一旦暴露在太空中，将面临失压、缺氧、高低温和辐射损伤 4 大危险。所以，太空对人体来说是一个致命的环境。我们在电视上看到宇航员穿着厚厚的宇航服在太空行走，貌似很神奇、很好玩，其实不然：他们一不小心，哪

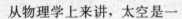

◆宇宙空间站

怕有一点点地方操作失误，就可能面临失去生命或者漂浮在太空再也回不来了的危险。

那么，应该怎么样做才能保证我们在太空居住的安全呢？或者说，移居太空需要具备哪些条件呢？

一是要拥有强大的运载工具。现在，世界上已成功研制和发射了多艘载人飞船、航天飞机和多座空间站，已经有了一定了运载实力。

二是要研制出能模拟地球基本生活条件的载人航天器。太空中没有氧气，温度极低，物体在受到太阳照射时，温度会很快上升，超过人能够承受的程度。在这样的环境中，人是无法生存的。因此，航天器要有许多特设系统，有合适的空气成分、温度等，来满足生活和工作需要。

三是要弄清太空环境对人体的影响。特殊的太空环境对人体的影响很大，需要采取相应对策保护人体。

未来的太空城市什么样子

其实，早在几十年前，我们的科学家就开始关注太空生存了，一系列的实验已经陆续展开，其中最典型的就是"生物圈2号"实验。

为了给未来的太空移民作准备，20世纪90年代初，美国在亚利桑那州偏僻的沙漠深处建造了一座与世完全隔绝的

◆生物圈2号

生物圈2号（地球被称为"生物圈1号"）。它实际上是一个模拟地球生态环境的"微型地球"。生物圈2号高25.9米，长164.3米，占地10117.15

安得广厦千万间——数字时代的城市

平方米，在 141585 立方米巨大空间的一端作了如此模拟：瀑布飞泻的亚马孙热带雨林，长满金合欢的大草原，一块巴加沙漠，墨西哥和马达加斯加的灌木丛林，佛罗里达南部的大沼泽地，一个深 7.62 米的微型海洋；在另一端则是人们的居住区：种满了各种作物的温室，圈养着猪、鸡、羊、牛的农舍，一幢两层的综合生活楼。从 1990 年 12 月 5 日起，8 名科学家（4 男 4 女），200 多种昆虫和动物，近 4000 种植物在这里和谐共处两年。除能源和信息外，生物圈 2 号内的空气、水和食物完全处于自我循环之中，所产生的废弃物也在圈内循环处理。圈内装有30 台计算机，与几千个传感器相连，对内部的大气、水质等生态系统进行监控。8 名科学家每天的工作日程是：上午 4小时，种植和管理农作物，清扫公寓，保养和维护生态系统；下午 4 小时，各自进行科学实验和研究，其余时间学习或休息。1994 年 3 至 9 月，第

◆生物圈 2 号内部

◆生物圈 2 号

◆奥尼尔圆筒设计

二批 7 名科研人员又在这里生活了半年，两年多的实践表明，生物 2 号为人类移居太空提供了居住场所的雏形。生物圈 2 号的顾问之一、美国学者霍格斯指出："这项工程（生物圈 2 号）有助于人类到其他星球上更好地生

◆太空城市

◆太空城内部

活，一旦研究透彻生物圈 2 号就能更好地了解生物圈 1 号——我们的地球。"

紧接着关于太空城的设想也在不断发展。其中，最为出名的是美国科学家奥尼尔在他的《高边疆：人类的太空城》一书中，提出的一个名为"太空岛三号"的太空城，书中设想了未来人们在这种太空城中居住的生活。

这所未来太空城是一座圆筒形的城市，长 32 千米，直径 6.4 千米，里面的居住面积为 1300 平方千米，可容纳 1000 万人生活。从城市的一头走到另一头，得花六七个小时。它是全封闭的，生活环境和地球完全一样。太空城里具有跟地球相同的重力作用，要不然生活在那里的人和物都会因为失重飘荡在空中，上不着天下不着地了。

怎样才能产生重力呢？旋转。这个圆筒形的太空城市，以中轴为旋转轴，每分钟自转一周，使得圆筒外壁给人提供支持的离心力，正好跟地球表面的重力相等。圆筒的外壁正好是城市的地面。因此，生活在太空城的人，站在此地面上，跟站在地球的地面上的感觉是大同小异的。只是在太空城里，无论站在哪儿，你的头顶都正好正对这圆筒的中轴线。

为了使大圆筒内有充足的阳光，科学家设想将大圆筒的壁分成六大区域：三个居住区和三个天窗区。居住区和天窗区交错排列，一个居住区和

安得广厦千万间——数字时代的城市

一个天窗区相对。

天窗区由巨大的玻璃构成，在天窗区的外面还安装有三块巨大的平面反射镜。镜子是由电脑控制的，按照一定的规定转动，将照射到它上面的太阳光以不同的角度反射到太空城里去。反射镜随同大圆筒一起旋转，通过调节反射镜的反射角度和天窗玻璃的色调，太空城的居民不仅能看到蔚蓝色的"天空"，还能观赏到日出和日落。

◆在太空欣赏地球

1000万人生活在一个大圆筒内会不会感到很拥挤？当然不会。因为1300平方千米的居住面积相当于半个瑞士那么大。太空城划分成行政区、住宅区、文化区和商业区，最大的是游览区。游览区里有蜿蜒起伏的青山，有潺潺不断的绿水；花草遍地，果树成林。没有灰尘的公路上奔驰着没有噪音、不排放废气的车，环境比地球强太多了！

想象得到吗？天空中朵朵白云，河面上点点白帆，树林里百鸟齐鸣，草原上动物嬉戏。此外，这里还有一个特别景致——人可以透过天空中的浮云，隐隐约约的看到头顶上的"地面"，那里的山峰、树木、房屋和行人都是头朝下倒立着的。

太空城造里有大型超市、剧院、电影院、音乐厅、医院、图书馆、体

◆太空城内部

◆太空城市

◆太空城市

育馆等等。总之，太空居民可以享受到地球居民所能享受到的一切，但却没有住房拥挤、空气污染、交通阻塞、水资源匮乏和暴力事件等当今社会所遭受到的"人为灾难"。整个太空城是一个巨大的密闭生态循环系统，可以解决空气和水的循环供应问题。辐射防护则可由居室的金属结构外壳解决。

太空城像地球一样，是一个自我封闭的生态系统，生活用品完全自给自足。太空城里，人们自己种植粮食和蔬菜，饲养牲畜，开设工厂，空气和废水都回收处理，循环使用。太空城像地球一样，是一个自我封闭的生态系统，唯一对外界的依靠就是太阳了。

太空城拥有一批工厂，有重工业、轻工业和高新技术产业区。重工业有钢铁、水泥、玻璃、火箭燃料和各种化工燃料等。工业原料可以来自月球和一些小行星。如将月球和小行星上运来的矿石进行冶炼和加工，即可生产钢材、水泥、火箭燃料和化工产品。轻工业有纺织、食品和各种家用电器等。高新技术产业主要是一些精密仪器、信息技术和通信设备。

由于工厂排除的废水和废气会污染环境，所以工厂区都设在圆筒的两端，远离生活区，并且与生活区隔绝。圆筒的中轴部分没有离心力，是一个失重的区域，这里的工厂正好可以利用失重的特殊条件生产出在地球无法生产的东西。比如冶炼那些很难熔化的金属，提炼非常纯净的大块晶体，加工滚圆滚圆的钢珠，制造轻得能浮在水面的泡沫钢，细得用放大镜才能看得到的金属丝，薄得透明的金属膜等等。

圆筒的顶部还有一大圈茶杯模样的结构。那是什么呢？那是自动化农场。种在这里的庄稼一年可以收获四五次，产量比地球高好几倍；牲畜和家禽也可能由于失重能长得比地球的大。农场里一年四季瓜果不断，鱼虾常有，还提供新鲜的蔬菜、水果、鸡、鸭、鱼、肉、蛋和奶，农产品自给自足完全没有问题。专家们估计，为解决 1000 万人口的吃饭问题，农业区只需要 400 平方千米的有效耕种面积，相当于每人占有耕地 40 平方米。为了大大提高农作物的产量，还需要大力发展新型的太空耕作技术。

◆开发月球

◆月球基地

太空城里还有设备完善的科学站和天文台。从这里考察地球，可以看到地球的全貌，可以全面地研究地球上的农业、地质、天文、气象、土壤、地震、环境污染等问题。宇宙空间没有云雾雨雪，没有大气，太阳和星星发出的光线和无线电波不会被吸收和反射，是进行天文观察和研究的最好场所。圆筒的顶部还有一个空间码头，从地球或其他太空城来的飞船可以在这里停靠。

在建太空城之前，应该先开发月球，利用月球上的资源建造太空城。那么好的太空城，是怎样建成的？起码得几百万吨建筑材料。这么多的材料最好不用从地球运来，从月球或者地球附近的小行星上就地取材更加合算。科学家分析了月球岩石标本之后，发现月球岩石中含有丰富的铝、铁、钛、硅、氧等元素。太空城的建筑材料有 95% 可以从月球找到。月球的引力比地球的小多了，物体脱离地球得达到 11200 米/秒，而脱离月球只需要 2400 米/秒就行了，把同样重的材料送到太空，从月球出发比从地球出发省 95％的能量。

另外，科学家估计，只要派 150 个人上月球，每年可以开采 100 多万吨矿石。将矿石用磁发射装置抛射到空间冶炼厂，利用太阳能加热、冶炼、加工成铝材、玻璃等等各种建筑材料和构件，然后派出一批工人，主要是太空机器人，到轨道上去进行无与伦比的高空作业，装配建造太空城市。

你们看，这么周密的计划都安排好了，相信我们未来的太空之旅也是指日可待了，让我们为美好愿望的实现一起努力吧。

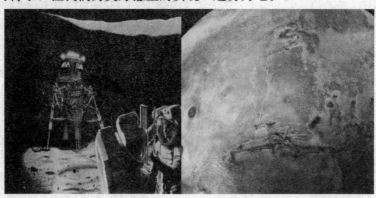
◆月球采矿

会动脑筋的房屋
——智能化住宅

亲爱的朋友们，每天当你回家的时候，不管多累都要拿出钥匙开门，进屋打开空调，然后倒上一杯饮料，休息片刻还必须去准备做饭或者吃饭，吃过饭可能还要收拾刷碗，之后才能抓紧时间看一会电视……其实，算一算，每天在家里你需要做的事情太多了，上面列举的还不包括你整理个人卫生以及打扫房间的任务。忙了一天了，还要回家操心这么多事情，是不是感觉很疲惫，但是又不得不做？

那你想做一个真真正正的"懒人"吗？什么事儿都不用做，每天回到家里想要喝什么伸手即来，想要吃什么立即就给你端到面前，甚至连看电视都是有人帮你找好自己喜欢的频道。请不要惊讶，这也不是在做梦，如果有一天你住进数字时代的智能化住宅里，你就会知道做一个真正的"懒人"有多幸福了。

◆智能化住宅实例

什么是智能化住宅

◆开心起床

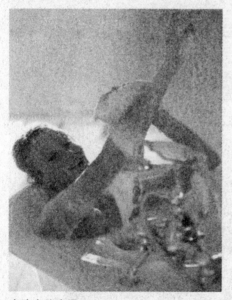

◆洗个热水澡

什么是智能化住宅？如果假设你现在就住在一个智能化住宅里面，那么你的半天的生活将是这样的：

早上 7 点室内的闹铃唤醒装置打开音响播放你最喜欢的音乐叫你起床；室内的各种灯光根据光线传感器的判断来控制亮度。

7 点半你出门上班或上学，离开家的时候将家里的智能模式设置为"离开"或者"无人"状态。这个时候，智能控制系统将关闭不必要的家用电器和设备，比如关闭灯光、关闭空调、切断部分非必要电源。同时，各种监控设施和传感设备都将打开，一旦有异常情况，中央控制设施会通过无线网络向你发出警报或报警。

10 点你可以通过手持终端，接通无线互联网打开远程视频监控系统，在休息的间隙查看一下家里的安全状况，当然，你也可以给各个设备或者家电发出指令，比如你想让洗衣机自动运转，把昨天你放进去的衣物洗干净，那你只用通过声控命令或者发信息等方式来操作就可以了。

11 点你在回家的路上给中央控制器发出指令，命令热水器给你准备足够温度的热水可以让你到家的时候正好可以洗个热水澡。

11点半回家，启动智能住宅的"标准模式"，智能控制自动解除监控并给你打开音响根据你的喜好播放你喜欢的音乐。

　　怎么样？是不是很神奇？这就是我们数字时代的智能化住宅的一个典型实例了。

　　不过呢，对于智能化住宅的定义，在目前一般有两种说法。

◆开心的一天

　　在我国，根据建设部的全国住宅小区智能化系统示范工程要求，智能化住宅是将各种家庭自动化设备、计算机及其网络系统与建筑技术有机结合的产物，能实现住户在任何时间任何地点进行家庭遥控管理或者与外界进行联系的住宅。

　　智能小区由众多智能楼宇组成，其旨在通过高度集成的通讯和计算机网络，把社区的保安、物业、服务及公共设施连接起来，实现智能化与最优化管理，

◆大连市智能化住宅实例

使小区内居民可以24小时与社区医院、学校、超市、娱乐场所等处联络。

　　在国外，智能化住宅通常被称为"SmartHome"。现在，在世界上一些发达国家，如加拿大、澳大利亚等地已经开发了这种智能网络家居社区。这些社区都通过电子手段（计算机及其网络等）提供与社区有关的信息和服务。这种方式不仅缩短了人们的实际距离，而且给用户带来了许多方便。通过Internet，社区向其住户提供国内外新闻、社区内新闻以及住户自己感兴趣的新闻。另外，还有交通信息、天气预报、地区性活动、商业区地图等。而社区最重要的是服务，这些社区提供了如医疗、婴儿看

◆比尔·盖茨智能化豪宅

护、宠物照顾、病人监护、电子图书馆、网上学校、预定旅店、饭馆、酒吧、看电影、逛公园等项目，住户可以根据自己的爱好进行选择。此外，在住户家庭内部联成局域网（HomeLocalAreaNetwork），将自家的所有电器进行智能控制，支持多台个人电脑。住户可以远程监视、控制家中的各种设备，如提前打开空调、开关灯、收发传真等一系列内部事务。

智能化住宅的特点

1. 互联网的深度普及和自动化控制系统的应用

在未来的智能化住宅里，由于很大程度上实现了其设备的自动化控制，因此在这个控制过程中必然将出现各式各样的沟通与交流。对于住宅内部的通信可以通过小的局域网来

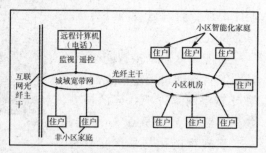

◆智能化住宅遥控网络示意图

实现，但是智能化住宅不是一个完全封闭的空间。尤其对于智能化住宅的安保系统来说，时刻保持与外界的畅通将是无比的重要。当你离开家的时候，你可以通过互联网来监控你的住宅，当然你也可以设计一些相应的保安规则来自动保护你的家庭，比如：你可以根据自己的需要设置报警器的报警方式，一旦有陌生人进入住宅，那么通过视频监控系统的识别就可以立即向你通报或自动报警。

2. 高度信息化家电的普及

随着电子科学技术的不断发展，我们的家用电器也将要变得智能化、

安得广厦千万间——数字时代的城市

信息化、集成化。在一般的家电概念里，家电仅仅意味着一种特定的功能，并且和其他的设备及使用者之间并没有什么有机的联系。但是，随着智能化、集成化的芯片技术越来越先进，带有这些高科技芯片的

◆智能化家庭

家电将不再仅仅是一个具备单个功能的设备。它们甚至可以身兼两职，甚至是身兼数职。比如，将来的家用电脑将不再是一个简单的信息处理和存储设备，它可能会集数字电视、音响、可视电话等功能于一身，成为名副其实的家庭信息终端设备，互动电视、VOD点播、上网冲浪等都将成为基本功能。目前很多公司已经把信息家电列为下一步的重点发展计划，比如微软（Microsoft）的".net"计划，联想（Legend）的".home"计划，目的就是要将传统的信息技术产业向信息家电行业转变。

3. 智能化、网络化的物业管理

未来的智能小区和住宅，借助众多智能化系统功能的充分应用，使物业管理的水平和质量得到极大提高，同时大大降低管理和运行成本，让物业公司和住户都从中受益。比如：通过智能系统的应用，小区和住宅的安

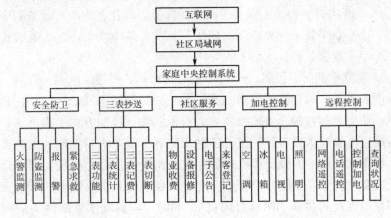

◆智能小区家庭功能示意图

全保卫能力得到提高，小区设备设施的管理更加有效，小区住户综合与信息服务更加方便、快捷等等。同时，住宅和小区的智能化应用以及物业公司众多业务的智能化管理使许多管理数据和服务内容实现了信息化，为物业的网络化管理创造了方便条件，使物业的远程、异地、集中管理成为可能，从而使高素质、高水平的物业公司能够扩大服务规模，增加服务手段，使之有条件为住户提供更高质量、更多内容的服务和管理。

智能化住宅的常见模式

◆智能化住宅

同学们，上面的讲述已经让你简单了解了什么是智能化住宅系统。那么你知道智能化住宅系统是如何实现的吗？下面，让我来举一个实例简单说明吧。假设，你是某个智能化住宅的业主。首先，我们需要简单了解一下这个智能化住宅的智能之处。

一、智能化住宅的网络设施

1. 住所内有一台功能强大的核心计算机，即住宅内所有设备的中央控制器，这有点类似于中央空调的模式。其实，简单来讲，这个电脑相当于一个小型家庭服务器。

2. 家庭中的所有设备——包括家电（冰箱、电视、空调、灯具、微波炉、洗衣机等）家具都必需实现数字化，并分配给 IP 地址，通过 IP 进行联系。使用者对各种设备的控制方式有很多种，控制方法也很灵活，可在室内通过电脑键盘或各种触摸设备对家庭各种设备进行控制。也可通过网络远程操作，而不需像传统模式那样先发指令给家庭中央控制器，让其再次发出驱动指令，执行一个任务。此时接在家庭系统总线上的每个家庭设备都好像现在的共享"网络打印机"。同时，电脑处于家庭网关的网络接入核心地位，它不仅使多种家庭信息产品共享一个宽带入口，而且通过自动调整防火墙设置、审核网络内容及浏览路径来识别虚假 IP 地址、黑客攻击等。

小 博 士

所谓 IP 地址就是给每个连接在 Internet 上的主机分配的一个 32bit 地址。按照 TCP/IP 协议规定，IP 地址用二进制来表示，每个 IP 地址长32bit，比特换算成字节，就是 4 个字节。

广角镜——IP 地址构成

Internet 上的每台主机（Host）都有一个唯一的 IP 地址。IP 协议就是使用这个地址在主机之间传递信息，这是Internet 能够运行的基础。IP 地址的长度为 32 位，分为 4 段，每段 8 位，用十进制数字表示，每段数字范围为 0～255，段与段之间用句点隔开。例如159.226.1.1。IP 地址有两部分组成，一部分为网络地址，另一部分为主机地址。IP 地址分为 A、B、C、D、E 五类。常用的是 B 和 C 两类。IP 地址就像是我们的家庭住址一样，如果你要写信给一

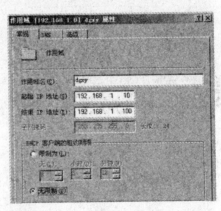

◆IP 地址

个人，你就要知道他（她）的地址，这样邮递员才能把信送到。计算机就好比是邮递员，它必须知道唯一的"家庭地址"才能不至于把信送错人家。只不过我们的地址使用文字来表示的，计算机的地址用十进制数字表示。

众所周知，在电话通讯中，电话用户是靠电话号码来识别的。同样，在网络中为了区别不同的计算机，也需要给计算机指定一个号码，这个号码就是"IP地址"。

有人会以为，一台计算机只能有一个 IP 地址，这种观点是错误的。我们可以指定一台计算机具有多个 IP 地址，因此在访问互联网时，不要以为一个 IP 地

址就是一台计算机；另外，通过特定的技术，也可以使多台服务器共用一个 IP 地址，这些服务器在用户看起来就像一台主机似的。

将 IP 地址分成了网络号和主机号两部分，设计者就必须决定每部分包含多少位。网络号的位数直接决定了可以分配的网络数；主机号的位数则决定了网络中最大的主机数。然而，由于整个互联网所包含的网络规模可能比较大，也可能比较小，设计者最后聪明地选择了一种灵活的方案：将 IP 地址空间划分成不同的类别，每一类具有不同的网络号位数和主机号位数。

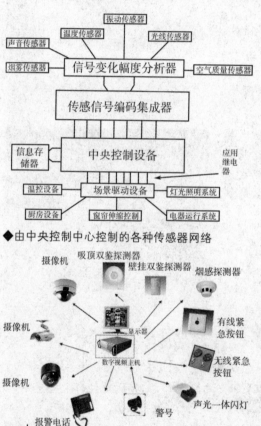

◆由中央控制中心控制的各种传感器网络

◆智能家庭安防报警系统

二、智能化住宅的传感器等外设设备

上面提到的各种网络终端都需要一个独立的 IP 地址，而对于各种传感器，则不需要专门的独立 IP。传感器的作用在于感知外界环境的各种变化，如：温度、湿度、亮度、响度等等的变化。并能把环境因素的变化传递至中央处理器，由设定好的程序来判断某一个信号的强度是否超出相应的设定值，进而采取不同的措施。比如，根据温度和湿度对空调的智能控制；根据亮度对灯光的控制等等。

另外，这些传感设备也会时刻监控你住宅的安全。假设有人试图破窗而入的时候，他将会触发安装在窗子上的红外线传感器。红外传感器接受到触发信号后，自动打开室内的自动监控拍照系统，把窗子附近所有的可疑动静拍摄下来，并上传至相应的网络服务器，以防止不法分子破坏或者直接截获。同时，室内的警报系统将自动启动、发出警报，并通过治安网络互联系统向就近的派出所报警并通过短信或者其他方式通知住宅的主人。

　　同样，当家庭出现其他异常情况的时候也会启动相应的控制程序来采取相应的措施，比如：煤气泄露、火灾等等。也就是说，这个时候你完全就可以做一个真真正正的大懒人，不必再为每天的做饭、烧水、安全问题等琐事费神了。

　　看到这里，你是不是很期待这种智能化住宅的大规模普及？是不是想及早地住进这种懒人的自由领地？其实，这些技术在目前来说基本上已经都能实现了，只是离大规模商用还有一段距离，还需要一系列的测试和检验。目前我们周围的世界里，最典型的例子莫过于世界首富比尔·盖茨的智能化豪宅了，据说其内部的各种智能化程度和我们上面提到的智能化住宅标准有很多相似的地方。相信不久的将来，我们也可以享受一下世界首富的待遇了。

现实版的诺亚方舟
——海上城市

亲爱的朋友，有关诺亚方舟拯救世界生灵的传说你听说过吗？

虽然这只是一个传说，但是也从侧面说明了生活在海上这个梦想自古已有。那么，对于科技相对比较落后的上古时期来说，建造一艘这样的庞然大物可以说是难如登天。随着现代科学技术的发展，大型商船、豪华的海上游轮、甚至是号称"海上岛屿"的航空母舰都先后亮相，那么建造更大型的甚至是超大型的船只或者说是浮动岛屿，也已不再是梦想。在未来的数字时代，为了解决越来越多的人口居住问题，建造大型的海上浮动装置并生活在美妙无比的大海之上绝非空谈。

◆诺亚方舟想象图

同学们，你们看过世界地图吗？不知道你有没有发现，我们整个地球大部分是被大海占据着的。在我们的地理课本里有这样的数据：全球海洋总面积约3.6亿平方千米，约占地表总面积的71%。全球海洋的平均深度

SHENGHUO
ZAI SHUZI SHIDAI

约3800米，最大深度11034米。全球海洋的容积约为13.7亿立方千米，占地球总水量的97％以上。如果地球的地壳是一个平坦光滑的球面，那么就会是一个表面被2600多米深的海水所覆盖的"水球"。

◆世界地图

也就是说，我们居住的土地仅仅是地球很小的一部分。我们居住在陆地，生活在陆地，连喝的水都是陆地上的淡水，我们现在利用的资源大部分是来自于陆地上的。可现在世界人口越来越多，人类面临着非常严峻的人口压力，而且根据中科院能源研究所发表的统计，全球海洋将会在21世纪上升20～90厘米，那么面临这样一种令人非常不安的趋势，人类将来将如何生活呢？

既然我们有这么宽广的大海，我们为什么不在大海身上"打主意"呢？记得有科学家这样说过，21世纪必将是人类走向大海的世纪。那么下面就让我们展望一下未来数字时代海上世界的壮丽景观吧。

你知道吗？

自从19世纪气候变暖以来，海平面上升速度为平均每百年0.10～0.15米。

万花筒

诺亚方舟

　　圣经《创世纪》里有一个引人入胜的传说：上帝看到人类互相残杀，充满强暴和仇恨，决定惩罚人类，只给诺亚留下有限的生灵。上帝指示诺亚去建造一座巨大的方舟。这座方舟足足花了120年的时间才建好。当诺亚带着他们搬进自己建造的方舟时，洪水自天而降，整个世界都陷入灭顶之灾中。方舟在洪流中漂流了大概一年之久，洪水退后，只有诺亚方舟中的人和动物及植物，作为最后的生命存活了下来。

迪拜人工棕榈岛

◆精卫填海

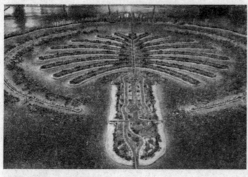

◆迪拜人工岛效果图

　　你听说过精卫填海的故事吗？

　　精卫填海是《山海经》记叙的一则故事，说的是中国上古时期一只叫精卫的鸟努力填平大海。精卫原来是炎帝宠爱的女儿，有一天她去东海玩，可是突然风暴袭来，她被淹死了。女孩儿后来变成了鸟，名字就叫做"精卫鸟"。精卫鸟去西山衔来石子儿和树枝，一次又一次投到大海里，想要把东海填平。

　　神话传说中的精卫要用石子来填满大海，为的是报复无情夺走自己生命的大海。而在我们的现实世界里也有一个精卫填海的例子。当然了，他们可不是为了继承精卫的遗志，更跟报复大海无关。恰恰相反，他们是为了充分利用大海为人类服务。这就是被称为世界第九大奇迹的迪拜人工岛屿计划。

据可靠消息，在14000多名工人历经5年夜以继日的苦干加巧干后，耗资140亿美元打造的全球首个棕榈叶形状岛屿——迪拜的"朱美拉棕榈岛"第一阶段建设已完工，首批4000位岛民于2006年11月份入住这个号称"世界第九大奇迹"的人工岛。

2001年开工的"朱美拉棕榈岛"是世界上最大的陆地改造项目之一，它由一个像棕榈树干形状的人工岛、17个棕榈树叶形状的小岛以及围绕它们的环形防波岛三部分组成。朱美拉棕榈岛将被建成一座海上城市，全岛将有6万多户居民，5万多名服务人员分布在全岛32家旅馆，数十座商场以及游乐场所为岛民提供各种服务。

◆迪拜人工岛卫星俯瞰图

◆迪拜人工岛远景

据开发该项目的棕榈集团总裁苏尔坦·艾哈迈德·本·苏莱姆介绍，朱美拉棕榈岛上桥梁、灌溉网络、自来水输送网、天然气管道、通讯、卫生系统、电网、公路、海洋俱乐部、消防系统、通往外围环形岛屿等设施应有尽有。

曾有人这样说："这一项目充分发挥了人类的想象空间，在世界上还没有类似的工程。"迪拜政府希望能将"朱美拉棕榈岛"打造成本国的一个著名旅游景点，每天吸引至少2万名游客。可出人意料的是，

◆迪拜人工岛远景

该岛的绝大部分房产五年前就已经被抢购一空，业主包括英国著名球星贝克汉姆与欧文，还有演员、歌手和政治家等，其中英国人所占的比例最大。

当初迪拜建设这个人工岛屿初衷是因为尽管迪拜拥有石油可以致富，但该国却没有可持续发展的产业，在这种情况下，想到了建设这个世界第一大人工岛，好跟新加坡和香港竞争成为世界商业港中心，与拉斯韦加斯竞争成为"世界休闲之都"。虽然这个岛屿的建设初衷并不是出于扩展人类生存空间的考虑，但是从理念上和技术上给我们未来的人工海上岛屿提供了很大的参考。谁又能保证，将来我们的人工海岛的原型不会出于此呢？

未来海上城市的构想

现在世界范围内很多国家已经开始了对海上城市的研究，但是很多都还是基于以威尼斯为蓝本的人工岛屿式的构想。这些一般都是在浅海，或者濒临大陆架的海域进行的简单的陆地的延伸，这些延伸对人类将来居住环境的改造虽有帮助，但是从根本上讲，并不能给人类的生存提供根本的解决办法。或者说，这些水上岛屿或者水上城市，不能称之为真正意义上的"海上城市"。

◆海上城市

一个真正的海上城市首先要有一个城市的概念，不能只是陆地城市的一个延伸，或者附属的小卫星城市，它应该是和传统城市是一种平等的概

念。或者这样说，它完全可以替代陆地城市的功能。那么，根据现有的构想，科学家提出这样的海上城市构想：在这个城市里，山水草木，虫鱼鸟兽都不能少，当然，人类也是必须有的。这个海上城市大概能容纳 10 万人居住，它应该是一个漂浮在海上的浮动陆地，就像诺亚方舟，但比诺亚方舟更先进更人性化。这个城市所需要的各种能源我们可以从大自然中获取，如：风能、太阳能、潮汐能、生物能等等，这样做的目的是尽可能地减少对城市环境的污染。

◆构想中的海上城市

◆构想中的海上城市

建设这样一个海上城市不仅仅是简单的几句话而已，我们还需要解决很多技术上的难题。

首先，这个海上城市必须能够抵抗风暴等恶劣天气的侵袭。我们的科学家设想的解决方案是：1. 城市的自身建筑材料和组合方式。城市底部由活动的单位体构成，为了防止海浪冲进，城市的

◆构想中的海上城市

四周不能用一般的建筑材料。我们需要设计特殊的基础单位，它必须要大到能抵抗巨浪侵袭的程度，而且必须基础相对固定，防止因海浪冲击而漂走。为了增大自身重量，以增加其稳定性，其上层建筑应该集中在这些单

◆生活垃圾

◆水上城市设计图

位体上。为了安全，这种特殊单位体也应有自身的密封舱。如果要对付更大的海浪，可以用相同的方法设计更大、具有更高防浪墙的单位体。2. 如果遇到海啸台风等灾难性天气时，一般的建筑都很难抵御。鉴于此，我们认为还是给城市本身加上动力系统。由于该动力系统所消耗的能源很大，而且在接到危险信号后要在最短的时间内离开危险区域，所以，我们认为可以利用核反应堆来提供动力。

其次，生活中的能源消耗以及垃圾处理问题。第一是生活能源，主要是电能，应该以风能、太阳能为主。第二是饮水，主要应依靠雨水和海水淡化。因此，城市的建筑设计应能收集雨水和太阳能，用以饮用水和供电。第三是排污，这比在陆地上方便得多。我们可以在海上城市的地基上留出相应的槽、孔、管路，用以收集污水，将生活垃圾集中粉碎处理，并与污水混合，然后用数千米的管道压入海底。让深海的压力将这些污物掩埋并逐步分解。

再者，在这个海上城市中，必须有充足的空间和适宜居住的环境。我们可以将城市里的各种功能不同的建筑和设施尽可能地用更合理的城市规划集中起来。而人类的生活空间则尽可能地宽敞一些，并要尽可能地集中在城市的中心。对于这一点，我们最好可以通过专业的优化手段（城市建模）等实现浮岛空间合理化布局及合理使用。另外，为了给人们提供一个更舒适更人性化的居住环境，我们要尽可能多地绿化整个海上城市，以保证城市内有足够的绿地来支撑这个巨大的生态系统。

最后一条，这个海上城市必须要经久耐用。这一条很好解决，我们尽可能地使用那些高质量的、重量轻但是强度大的材质来构建城市。对于接触海水的一面，我们还要涂上足够厚度的防腐蚀涂层。

海上方舟丽丽派德

同学们，关于诺亚方舟的故事前面我已经简单介绍过了。另外，大家是否还记得前段时间的一个美国大片《2012》，那里面世界末日的镜头估计会让你大开眼界。那么你是否用心留意过最后那几个挽救世界的巨型方舟呢？洪水来临之际，几个秘密建造的巨型母舰犹如圣经里面的诺亚方舟一样拯救了人类，使得人类的历史得以延续。不管电影里面的情节会不会出现，恐怕每个看过这部电影的人，都会希望将来有一天人类真的面临死亡审判

◆电影《2012》中的方舟

的时候，能像那些幸运儿一样被营救。在电影里，想象中的诺亚方舟拯救了人类，其实在我们的现实世界中，也有可以让人类的生存变得更加美妙的诺亚方舟，这就是我们下面的主角——丽丽派德（Lilypad）。

据"全球气候演化政府间组织"发布的报告预测，由于气候变暖造成冰山融化等因素，全球海洋洋面将会在 21 世纪上升 20～90 厘米，相比起 20 世纪上升的 10 厘米这是一个非常令人担忧的数据。而一些未来学家甚至相信，在全球气候环境越来越恶劣的情况下，地球很可能在 100 年甚至几十年后就变成一片汪洋，到那时本来生活在陆地上的人类将失去栖身

◆丽丽派德构想图

之所。

　　为了让100年后人类不至于遭受灭顶之灾，法国著名建筑设计师文森特·卡勒波特设计了一艘匪夷所思的"未来版诺亚方舟"。从设计图看，"丽丽派德"的外形跟我们见过的任何船只或者其他海上漂浮装置不同，倒更像是儒勒·凡尔纳科幻小说《机器岛》中漂浮在海面上的人工岛，因此设计师文森特也将之戏称为"文森特的漂流城堡"。

　　丽丽派德将为遭受未来气候改变的难民提供的一个完全自给自足的海上城市。虽然其技术要求对我们来说不算高得难以企及，但文森特·卡勒波特的非凡设计已经超越了我们的想象。丽丽派德是为未来2100年设计的人工岛屿，丽丽派德将漂泊在海洋之中，大约可容纳5万人正常生活。它是一个两栖城市，也可以看做是一个巨大的船只。仿生学无疑是这个设计背后的灵感，被设计成水莲花的丽丽派德是被设定为一个漂流在海上没有排放污染的城市。通过许多技术（太阳能、风能、潮汐能、生物技术），它设想整个项目不仅可以制造自己的能量，而且可以在大气里处理二氧化碳并且把它吸收进它的二氧化钛的表皮。每个漂流的城市被设计成一个人造的复合型地面风景，由一个人造淡水湖和三个山脊组成，创造出适合不同居民的各种各样的环境。每个丽丽派德可以靠近海岸也可以

安得广厦千万间——数字时代的城市

在海洋中漂流，根据海潮的力量从赤道向北部海域进行旅行。

这个未来版诺亚方舟呈圆盘形状，直径达到1000米，上面修建有一些从数十米到数百米之间高低不等的流线型建筑，犹如花瓣一样。从空中俯瞰，丽丽派德的外形就像漂浮在海洋中的一朵盛开的百合花，而且这些或高或低的"花瓣"还可以自由组合，和中央区域可以拆分。

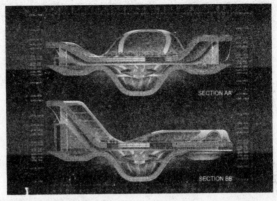
◆丽丽派德内部构造

尽管终日生活在海上，但丽丽派德上的居民却不会感到烦闷，因为丽丽派德将拥有世界上最大的海上体育馆、圆形剧院、医院、户外公园、高尔夫球场，让海上居民就像居住在陆地上一样方便惬意。在丽丽派德上建

◆丽丽派德的美丽夜景

有3个码头和3座人造山。这3座人造山相当于陆地上的高楼大厦，其中将建有办公楼、商场和各种娱乐场所，满足工作和休闲需要。而人造山表面的墙和屋顶都几乎经过了绿化，上面覆盖着草坪，并建有悬空花园。在3座人造山之间，则将有纵横交错的街道网络相连。在丽丽派德的中央，将是一个巨大的湖泊，它被三座人造山环绕。而水下部分的外壳为全透明材料制造而成，让居民能在水下餐厅边进餐边欣赏海底美景，从而在"陆地生活"和"海底生活"之间自由切换。

丽丽派德将是一座可以自给自足的智能型生态人工岛，将利用太阳能、风能、潮汐能、生物质能提供主要能源。据悉，丽丽派德的水上部分

◆丽丽派德漂流路线

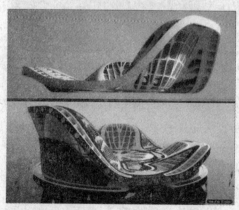
◆丽丽派德构想图

所有建筑外立面都采用特殊材料，可以通过吸收阳光产生光合作用形成能源。而巨大湖泊除了美化环境外，还可以通过搜集并净化雨水为居民提供生活淡水。

丽丽派德的水下部分将养育有大量海洋浮游生物和植物，它们可以吸收分解海上居民生活产生的二氧化碳和废弃垃圾，并将之转换成有用的氧气和电力。

从理论上讲，一旦人类住进丽丽派德，就无须寻找陆地生活了。设计者文森特·卡勒波特称，他的目的就是建造一个和谐的生态环境，让未来生活在海上的人类和自然和谐相处。你可以想象一下，每天都在辽阔的大海上漂来漂去，过着衣食无忧的生活，那将是多么美妙的一件事情呢。

城市，让生活更美好
——别样的未来城市

　　莎士比亚说过：城市即人。每天，我们穿梭在忙碌而又充满活力的城市街道；每天，我们都在享受着城市带给我们的一切；每天，我们的城市都在因你我而变化着。那么，你是否想过，我们未来的城市会是什么样子？是像现在这样拥挤、吵闹，甚至让人疲惫不堪？还是一片鸟语花香、欢声笑语，和谐与文明共存、科技与人文同在？

　　前面我已经介绍了很多在未来数字时代将要出现的居住构想，想必大家已经大开眼界了吧。其实呢，就好像五颜六色的花儿一样，我们的城市和房屋也会有很多很多各式各样的风格。它们不仅新颖别致，更富于人性化，让你在享受美好创意的同时享受先进科技的内涵。下面，就让我带你走进未来数字时代新奇房屋的世界吧。

◆未来建筑

五座世界魅力城市

◆东滩设想图

◆东滩设想图

对于城市的未来，我们会有很多畅想。其实，我们的城市规划者和设计师们也在不断地探索，不断地改变着我们的城市，让我们的城市更加美好。下面的五个有关未来城市的鲜活例子，有的精灵古怪，有的富有创意，有的已经建成，有的虽是幻想却颇具可行性。人类未来的城市生活到底会是怎样呢？是乌托邦式的空想？还是在不久的将来就可以实现的梦想？下面，让我们一同走进这五座充满创意的魅力城市。

环保生态城

大名鼎鼎的上海外滩，大家都听说过吧。那你听说过未来的东滩新城吗？东滩位于上海附近。这是一个雄心勃勃的生态城市计划，在规划设计的蓝图里，未来的东滩生态城由三个卫星小城镇组成，预计将有50万人口迁入，附近是现代生态农业和国家湿地公园。城市的垃圾填埋场一概不用，下水道的污水在处理后将用于灌溉，桔梗和稻壳都能在这里变成新能源，粮食生产将杜绝任何农药……

想象一下，一座充满生机的生态城市就要马上在我们中国大地上出现了。相信这个伟大的设想必定会给我们未来城市的建设提供很大的参考与帮助。

SHENGHUO
ZAI SHUZI SHIDAI

Masdar 环保之城

每天生活在空气污浊的城市里、忍受着各种各样的噪声、汽车尾气，是不是已经让你无法忍受？是否也曾设想我们的城市也是一片洁净的乐土？

那么，在 Masdar 城里你将看到一番新的景象。在这个城市里，完全实现零碳、零排放、零污染。

这座尚在建设中的城市计划于 2016 年完工，届时将入住 1500 家企业和 5 万居民。从已成型的设计规划图看，它充满了好莱坞科幻大片般的宏壮未来感：漠中圈地 6 万平方千米；城外围覆盖着巨大的太阳能电池板；

◆环保之城——Masdar 城

城内以便捷公交系统替代小汽车；以风能、太阳能建设农场、种植园等，保证自给自足……

亲爱的朋友，耐心等待吧，等有一天这座新城落成的时候，你可以第一个搬进去，享受一下真正的环保之城给你带来的清新空气。

X－Seed4000 生态城

我们在各种媒体上经常见到这个词汇：可持续发展。可持续发展是一种注重长远发展的经济增长模式，指既满足现代人的需求，又不损害后代人满足其需求的能力，是科学发展观的基本要求之一。

我们下面提到的 X－Seed4000 生态城，就是未来城市可持续发展的一个典型实例。日本政府构想在

◆X－Seed 4000 生态城

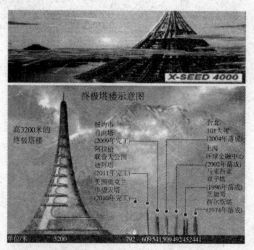

◆生态城高塔示意图

东京建造一座名为"X－Seed4000"的摩天巨塔。该摩天巨塔将是一座可以自给自足的人工智能型生态城，它将都市生活和自然环境完美结合，主要结构是钢骨，外墙则使用太阳能板，大楼内部还有人造公园等"自然风景区"，采用100％的循环水系统。

也就是说，这座城市将完全按照纯生态的结构设计。在这个城市里，人们将彻底告别旧式的城市发展模式，人与环境、人与自然和谐相处。

莫斯科的"城中之城"

下面该轮到这五个城市里面最华丽的城市了，即莫斯科的"城中之城"——水晶岛。我们这里说的水晶岛可不是用水晶建造的，而是因为它从高空看起来就像是一块切割过的水晶，水晶岛因此得名。

"水晶岛"位于首都莫斯科市距离克里姆林宫8千米远的地方，除了拥

◆水晶岛

安得广厦千万间——数字时代的城市

有 900 套公寓住宅和 3000 间旅馆房间外，还将拥有一所国际学校、一座电影院、一座博物馆、一座剧院、一座体育馆和数十家大型商场，有望在 6 年之内竣工。

至于建设这座城市的初衷，目前还没有一个准确的说法。不过，从俄罗斯的民族特性和国家意愿来看，俄罗斯同中国一样正处在民族复兴的阶段，这座城市更多的是体现一种大国地位的象征。

◆水晶岛

星际旅行—行星城市

每一个成长中的青少年都曾有过很多幻想，那么星际旅行，甚至是在其他行星上居住都曾经出现在我们的梦中。其实，这一切离我们并不遥远。

地球上的土地资源越来越少，未来的居住城市难道还只能在地球上？答案是否定的。科幻小说、科幻电影曾经为我们提供了生活在其他星球上

◆行星城市想象图

◆星际旅行想象图

的无限想象空间。在我们的现实世界中，也已经有了关于行星城市的伟大构想。随着航空航天技术的成熟及外太空生存经验的积累，我们对太空行星的"征服"也在一步步地变成现实。我们这里所说的"行星城市"就是一个典型的例子。

我们将在行星上兴建工厂、居所、学校等，并逐步建立起"行星城市"。同时，我们还将从行星上提取我们需要的矿产资源、氧、气体资源甚至水，供给我们在行星上一切生命活动的使用。到那个时候，不要说星际旅行、即便是你要在行星上长期定居都是非常简单的事情。

来自英国未来房屋设计大赛的作品

阿凡提

"阿凡提"以设计公司为名，但这座房子的设计也可以看出如阿凡提般的缜密思维与智慧。

在室内，设计者通过对不同材料的套叠与混合来增加环境的美感以及材料的可利用度。设计者更注重为屋主提供室外活动的场所，富有自然感的庭院设计像日本传统住宅。

◆自然之家

自然之家

房顶建有一个可拆解的温室，屋主可以在温室内种植农作物。这样的话，你如果想吃什么蔬菜了，就可以自己动手，其乐融融！

当然，如若需要更多的活动空间，你可以将其拆解，进行其他的编排设计。也就是说可以完全解放你的传统居室思维，充分发挥你的想象力，给自己创造一个美妙的居所。

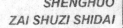
安得广厦千万间——数字时代的城市

积木房子

同学们，你小时候肯定玩过积木吧。几块小小的积木，只要你有足够的创造力和想象力，就可以搭建出不同造型的东西来。

那么我们这个积木房子，就是由标准模块组成，可在工厂制作完毕后再送至建筑工地组装即可，既提高了建筑质量又加快了工程速度。

◆积木房子

中庭居

有人说现代的都市是人与人之间关系冷漠的城市。那么这种中庭居将彻底改变这种状态。这是一座公寓楼，以一个共用的中央庭院为中心，可以很好地促进邻里间的交流。看起来是不是有一种四合院的感觉呢？

UnitE

◆中庭居

UnitE 的设计体现了对屋主的关怀，宽大的入口方便残疾人士乘坐轮椅出入，良好的通风设计也是亮点之一。

这才叫人性化设计，不管是正常人，还是残疾人士，在这种居所里都可以自由出入。如果家里真的是有"特殊状况"，那么这种居所将是您的不二之选。

◆UnitE

◆伊丽莎白二世

伊丽莎白二世

我们未来的居所追求的不仅仅是实用，人性化、外观设计和色彩搭配也是相当重要的。一个经过精心设计的居所会让你每天都有好心情。

看看这种房屋，屋顶错落有致的设计除了彰显独特感之外，还能将所有节能设备乃至管道巧妙地掩藏其中，增加了房子的外观美感。

灵活之宅

同学们，喜欢大家庭的其乐融融吗？那么就请看看这种房屋吧。

屋子专为大家庭而设，室内可根据不同需要分成两部分，一部分可用作老人屋，一部分则可作车库或工作室。

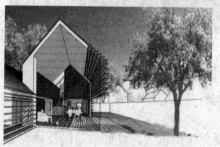

◆灵活之宅

◆万花筒住宅

万花筒住宅

现代都市，高楼林立，温暖的阳光总是被高楼大厦遮挡在我们视线之外。如果你喜欢每天阳光普照的生活，那么不妨来体验一下万花筒住宅。

这一设计的亮点在于室内的中央楼梯以及导光竖井，既别致又确保了室内有充足的自然光照。每天都有阳光叫你起床，多么美妙的设计。

拼板屋

喜欢多变的样式？喜欢多变的生活？面对屋子里每天一成不变的格局，你是不是也觉得乏味？如果你有一天住进这个拼板屋，相信你一定会情不自禁地爱上它的。

◀拼板屋

此屋格局可上下左右进行变化，家里人口若增加无需换大屋，利用活动隔板便可轻松再造一个新房间。是不是很有创意，很方便呢？

绿排屋

现代都市人口拥挤，建筑物众多，人们的生存空间不断地缩小。即便如此，我们一样能在有限的空间里创造无限的精彩。

这也是一座公寓式设计，利用传统方形建筑的密集感与空间感创造了最实用的价值，另外还利用居住人口的密度优势更有效的利用了自产的清洁能源。

◀绿排屋

未来城市的灵感来自你我他，你能想到多美好，它就会变得多美好。那么，就让我们展开想象的翅膀，为未来的城市添彩吧！

◆设计师眼中的未来城市

美食总动员

——数字时代的饮食

"民以食为天"，在上古时代，吃，意味着填饱肚子，意味着生命的存在和延续。那时的人类只能通过狩猎和采摘大自然中已有的食物作为生存的基本。茹毛饮血，是上古时代人类主要的饮食方式，而五谷杂粮，是从奴隶社会延续至今的主要饮食内容。

随着科技的发展，社会的进步和人类文明程度的加深，吃对于如今的人类来说除了维持生命之外，更意味着一种享受、一种文化。展望未来，对更好饮食方式的期盼和追求，一定会使越来越多的高科技食物让我们在大饱口福的同时大开眼界。下面，让我们先来享受一场视觉盛宴吧……

自己动手、丰衣足食——人造食品

相信很多人对电影《2012》里洪水暴发，世界末日到来的情形印象深刻且心有余悸吧。假如说有一天世界末日真的到来，农作物、食品、洁净的饮水，都将无处可寻，库存的食物也撑不了多少时间。如果你属于能逃出的幸运儿之一，那么，这个时候你肯定会考虑，我们该怎么办？该吃什么？该如何生存下去？

即便那一天会到来，也请你不要担心，因为，在我们的数字时代，各种人造食品技术已经非常成熟。即便什么食物都没有，

◆电影《2012》剧照

我们一样可以从自然界的元素中合成我们需要的各种营养物质，即人造食物。它们不但和常用食品包含的营养成分一样，而且还可能包含很多有特殊功效的成分。这种食物吃起来，可谓是一举两得。

从采摘野菜野果到精耕细作，再到今天的改良育种，人类经过数千年的探索研究，每一分土地都被尽可能地利用，才获得了今天的产量规模。可人类社会对食物的需求已经不满足于这种缓慢的速度了。据统计，全世界每年消耗的粮食总计达12亿吨，这等于在赤道上用粮食铺成一条宽17米、厚1.8米的环球公路。而且随着人口的增长，又使这条"粮食公路"每年延长1000千米。这使人类面临严重的食品短缺局面。

面对这一挑战，人类正在一方面控制人口，另一方面努力寻找食品的新来源——人造食品。各种各样的农作物：大米、小麦、玉米；各种味道的水果：苹果、香蕉、猕猴桃等等，都可以通过人工造出来，这听起来似乎不可思议，也许你会怀疑这会不会不合你的胃口。如果你对此还有些疑虑，请仔细阅读下面的文章吧。

◆人造蛋

合理饮食的计算公式

◆豆制品

在对人造食品进行阐述之前，为了让读者能更清楚地知道人体从动植物中摄取的热量、蛋白质等营养的大致需要量，也为了便于你对自然食品和人造食品做比较，促使读者养成良好膳食的习惯，合理安排膳食结构，保持身体健康，特提供一份参考资料。如下：

1. 日常每个成年人需要的热卡（卡是热量单位）

普通工作强度者：2000 卡左右（最少 1500 卡）

中等工作强度者：3000 卡左右

重度体力劳动者：4000～5000 卡

2. 食物中热卡含量

淀粉（面、米等主食）：4.2 卡/克（500 克米饭产生 2100 卡热量）

蛋白质：4.1 卡/克

动物脂肪：9.5 卡/克

运动	做运动一小时可燃烧的卡路里			
	115磅	130磅	145磅	160磅
健康舞（强劲）	381	413	461	508
健康舞（轻巧）	272	295	329	363
远足	381	413	461	508
踏自行车（悠闲型，时速少于10mph）	218	236	263	290

◆一般运动时卡路里的消耗

虽然脂肪类食品产生的热量最高，但要分解消化脂肪所用的（机体消耗的）能量也最高。

3. 食物中蛋白质含量

粮食：8%

牛奶：3.3%

蛋类：14%

豆制品：32%

鱼、肉：16%～18%

假定每人每天摄入粮食400克、牛奶1瓶、鸡蛋1只、豆制品50克、鱼或肉100克，那么这个人一天膳食蛋白质的摄入量粗略计算如下：

◆食品

粮食（蛋白质含量8%）：400克×8%=32克

奶（蛋白质含量3.3%）：200克×3.3%=6.6克

蛋（蛋白质含量14%）：50克×14%=7克

豆制品（蛋白质含量32%）：50克×32%=16克

鱼或肉（蛋白质含量16%～18%）：100克×18%=18克

这个人每日合计蛋白质摄入总量：79.6克

热卡的摄入量粗略计算如下：

淀粉：400 克×4.2＝1680 卡

蛋白质：79.6 克×4.1＝326.36 卡

合计：2006.36 卡

从以上的数据，我们不难看出，我们每天所需的各种物质能量都是一定的，每种食物里所包含的热量和元素也是一定的。那么我们就可以根据这些定量地数据，利用现代的生物化学合成技术，制造出色泽、口味、形状都跟原物种近似或者一样的食物，满足人们日常生活的需求。并且，由于现代食品工业流水线的成熟，人工制造食物的方式不仅快捷，而且不会受到太大的气候影响，能定时定量地保证产出量。这不能不说也是人造食品工业的一大优点。

小 知 识

"卡"在英文当中写作"calorie"。我们汉语说的卡路里，是这个单词的音译。"卡"是卡路里的简称。

常见的人造食品

◆肉类

在数字时代，常见的人造食品主要是指人造肉类和素食类食物。

肉类和素食，是人类餐桌上食物的主要构成。各种动物的肌肉、脂肪、内脏等，都是富含营养的肉类食品，各种各样的粮食作物都可以被用来加工成各式各样的美味供人类享用。但是，随着人类社会的发展，人口的增多以及人类对食物要求的越来越高，目前主要通过饲养或者种植的方式来获取这些食物的方式已经不能满足人们的需要。这主要是由于当前的肉类产量还不足，不能完全满足人们日常生活的需求；农作物的生产严重依赖于时间和气候。

当前由于对动物的饲养不当，添加剂、助长剂等化学饲料的大量使用以及一些诸如瘦肉精等违禁药品的使用，造成很多肉类营养含量和食用安全性严重下降；在农作物的种植过程中，大量化学制剂和有毒农药的使用，也对我们的食品安全构成很大威胁。

讲解——什么是瘦肉精

瘦肉精是一类药物，而不是一种特定的物质，是指能够促进瘦肉生长的饲料添加剂。任何能够促进瘦肉生长、抑制肥肉生长的物质都可以叫做"瘦肉精"。例如雷托巴胺（Ractopamine）及克伦特罗（Clenbuterol）等。将瘦肉精添加于饲料中，可以增加动物的瘦肉量、减少饲料使用、使肉品提早上市、降低成本。但因为考虑对人体会产生副作用，各国开放使用的标准不一。

◆瘦肉精漫画

目前，能够实现这种功能的物质是一类叫做 β-兴奋剂（β-Agonist）的药物，比如在中国造成中毒的克伦特罗（Clenbuterol）和美国允许使用的雷托巴胺（Ractopamine）。瘦肉精在上海曾经引发了几百人的中毒事件。而在台湾，也发现了从美国进口的猪肉里含有瘦肉精。

瘦肉精，几乎挑起一场政治争端。奇怪的是，在美国、加拿大、新西兰等国，瘦肉精这类物质在食物上市前六个月的使用却是合法的。

在中国，通常所说的"瘦肉精"则是指克伦特罗。它曾经作为药物用于治疗支气管哮喘，后由于其副作用太大而遭禁用。

其他这样类似药物的还有沙丁胺醇（Salbutamol）和特布他林（Terbutaline）

等，同样能起到"瘦肉"作用，却对人体健康危害过大，因而造成安全隐患，在全球遭到禁用。

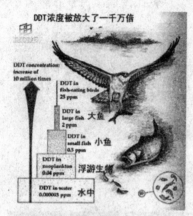

◆食物链中毒素的累积

◆人造肌肉组织

动物一般位于食物链的靠上层次，其体内所累积的毒素要比植物多很多，所以，在我们日常生活中所食用的肉类里都或多或少地包含一些对人体有害的毒素。从右图可见，吃大鱼的话比吃小鱼更容易积累毒素，吃肉食动物比吃素食动物更容易积累毒素，吃大型动物比吃小型动物更容易累积毒素等等。

在当前情况下，人造肉食就有得天独厚的优势了。

首先，我们不必再局限于动植物的生长周期和天气的影响了，可以随时随地，随心所欲地制造出我们喜欢吃的食物。

其次，人工制造的食物不再经过饲养和种植过程，直接由化学元素合成。这样，只要保证了原料的纯净，那么制造出来的肉类就是鲜嫩可口的"放心肉"。

再者，人工食品的制造技术是指利用有限的几种成分制成熟悉的食品，将为远征月球和火星的梦想提供重要的生存手段，这比携带大量食品或者是在太空种植农作物都要方便得多。

纯天然、无污染——绿色食品

当你在超市采购蔬菜或者食品的时候，不知道你是否留意过，在很多蔬菜、食品、饮料的外包装上有这样一个醒目的绿色标志（如左图），并且还标注有绿色食品的字样。你可能会奇怪：绿色食品不就是指那些绿色的农作物、蔬菜、水果吗？怎么连奶粉、果汁、茶叶也成了绿色食品了？可能你还会发现，人们对此类食品是非常感兴趣的，哪怕价格稍贵一点也要买。

那么什么样的食品才能称得上是绿色食品？绿色食品与普通食品有什么区别？绿色食品有什么优点？为什么人们这么喜欢绿色食品？请带上你的疑惑，认真阅读本章节，很快你就会明白这些问题的答案了。

◆绿色食品标志

绿色食品的由来

1962 年美国的雷切尔·卡逊女士，以密歇根州东兰辛市为消灭伤害榆树的甲虫所采取的措施为例，披露了杀虫剂 DDT 危害其他生物的种种情况。该市大量用 DDT 喷洒树木，树叶在秋天落在地上，蠕虫吃了树叶，大地回春后知更鸟吃了蠕虫，一周后全市的知更鸟几乎全部死亡。卡逊女士在《寂静的春天》一书中写道："全世界广泛遭受治虫药物的污染，化学药品已经侵入万物赖以生存的水中，渗入土壤，并且在植物上布成一层有害的薄膜……已经对人体产生严重的危害。除此之外，还有可怕的后遗祸患，可能几年内无法查出，甚至可能对遗传有影响，几个世代都无法察觉。"这无疑已经向我们敲响了警钟。

◆DDT 分子结构图

小知识——DDT 定义及其危害

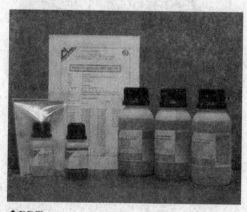

◆DDT

DDT 又叫滴滴涕，二二三，化学名为双对氯苯基三氯乙烷，化学式 $(ClC_6H_4)_2CH(CCl_3)$。中文名称从英文缩写 DDT 而来，为白色晶体，不溶于水，溶于煤油，可制成乳剂，是有效的杀虫剂。为20 世纪上半叶防止农业病虫害，减轻疟疾伤寒等蚊蝇传播的疾病危害起到了不小的作用。

危害：DDT 是一种易溶于人体脂肪，并能在其中长期积累的污染物。DDT 已被证实会扰乱生物的荷尔蒙分泌，2001 年的《流行病学》杂志提到，科学家通过抽查 24 名 16～28 岁墨西哥男子的血样，首次证实了人体内 DDT 水平升高会导致精子数目减少。除此以外，新生儿的早产和初生时体重的增加也和 DDT 有某种联系，已有的医学研究还表明了它对人类的肝脏功能和形态有影响，并有明显的致癌性能。

美食总动员——数字时代的饮食 ≪≪≪≪≪≪≪≪≪≪≪

◆水污染

自从18世纪第一次工业革命至今，人类社会的科学技术发展到了前所未有的高度。但随着人类社会对环境的破坏日益增加，各种环境问题不断恶化。环境问题已经成为困扰世界各国的重大问题。

在人们的饮食结构中，绝大多数的食物来自农作物和禽肉鱼蛋等。如果在动植物的生长过程中，其生长环境，比如土壤、水源、空气受到污染，那么这些污染源所包含的有害物质就会在这些生物体内聚集。这样，当这些农作物或者禽肉鱼蛋摆上我们餐桌的时候，那些毒素就会再次转移到我们体内。

另外，工业污水对水源的污染也给我们的饮食带来了很大危险。大多数的工业污水里面含有很多有害的物质，尤其是如汞等重金属。当这些含重金属的水流入我们的池塘、河流、大海，就会污染这些水域，影响很多动植物的生长。鱼儿吃了含有重金属的水生动植物，然后再被人类吃掉，重金属在人体内很难被排出，会导致严重的各种功能性病变。

这里有一个很典型的例子：日本在第二次世界大战后经济复苏，工业飞速发展，但由于当时没有相应的环境保护和公害治理措施，致使工业污染和各种公害病随之泛滥成灾。日本的工业发展

◆淡水食物链

◆水俣病患者

虽然使经济获利不菲，但难以挽回的生态环境的破坏和贻害无穷的公害病使日本政府和企业日后为此付出了极其昂贵的治理、治疗和赔偿代价，给整个生态环境造成了非常大的破坏。曾经发生在日本的"水俣病事件"相信大家还记忆犹新吧。

小知识——日本"水俣病"

◆水俣病患者

日本熊本县水俣湾外围的"不知火海"，是被九州本土和天草诸岛围起来的内海。水俣镇是水俣湾东部的一个小镇，有四万多人居住，周围的村庄住着一万多农民和渔民。这里丰富的海产使小镇生意格外兴隆。

1925 年，日本氮肥公司在这里建厂，随后开设了合成醋酸厂。1949 年，这个公司又开始生产氯乙烯。长期以来，工厂把没有经过任何处理的废水排放到水俣湾中。1956年，水俣湾附近发现了一种奇怪的病，这种病最初出现在猫身上，被称为"猫舞蹈症"。病猫步态不稳，抽搐、麻痹，甚至跳海死去，被称为"自杀猫"。随后不久，发现也有人患有这种病。患者由于脑中枢神经和末梢神经被侵害，口齿不清、步履蹒跚、面部

痴呆、手足麻痹或变形、视觉丧失，严重者神经失常，或酣睡、或兴奋，身体弯弓，高叫直至死亡。

这种怪病就是日后轰动世界的"水俣病"，是由于工业废水排放污染造成的公害病。"水俣病"的罪魁祸首是当时处于世界化工业尖端的氮生产企业。氮用于肥皂、化学调味料等日用品以及醋酸、硫酸等工业用品的制造上。然而，这个"先驱产业"的肆意发展，却给当地居民及其生存环境带来了无尽的灾难。在制造氯乙烯和醋酸乙烯的过程中，要使用含汞的催化剂，这使排放的废水中含有大量的汞。当汞在水中被水生生物食用后，会转化成甲基汞。这种剧毒物质只要有挖耳勺一半大小就可以致人死亡。水俣湾由于常年被工业废水严重污染，这里的鱼虾类也由此被污染。这些被污染的鱼虾通过食物链进入动物和人的体内，甲基

SHENGHUO
ZAI SHUZI SHIDAI

汞被人的肠胃吸收，侵害脑部和身体其他器官。进入脑部的甲基汞会使脑萎缩，侵害神经细胞，破坏掌握身体平衡的小脑和知觉系统。

科技进步是为了服务于人类，而不是涸泽而渔，焚林而猎。随着生活水平的提高，人们要求的不再仅仅是吃饱，而是在吃饱的同时，还要健康、营养、卫生、无污染。为此，世界各国开始采取各种手段来限制化学物质过量投入，以保护生态环境和提高食品安全性，这被称为可持续发展的"有机农业"。同时，一些国家也开始采取经济措施和法律手段，鼓励、支持本国无污染食品的开发和生产。自1992年联合国在里约热内卢召开的环境与发展大会后，许多国家从农业着手，积极探索农业可持续发展的模式，以减缓石油农业给环境和资源造成的

◆水俣病成因

严重压力。欧洲、美国、日本和澳大利亚等发达国家和一些发展中国家纷纷加快了生态农业的研究。这种无污染、安全、优质的营养食品，我们称之为"绿色食品"。

绿色食品的条件

一种食品要想被称为绿色食品，那可不是随便就能带上这个"高帽"的。这跟电视上广告的国家免检产品一样，必须有严格的标准来衡量，并且，食品是关系国计民生的大事，必须更加严格。一种食品要想被称为绿色食品需要符合哪些条件呢？

首先，从绿色食品的原料来讲，产品或产品原料产地必须符合绿色食品生态环境质量标准。只有在相关的严格标准的衡量之下才能培育出符合我们需求的绿色原料。

◆高科技环保大棚西瓜

其次，从原料加工的角度来讲，农作物种植、畜禽饲养、水产养殖及食品加工必须符合绿色食品生产操作规程。

最后，从产品的包装运输等后期生产过程来讲，产品的包装、贮运必须符合绿色食品包装贮运标准。

每一个条件都必不可少，每一样要求都是非常重要的，少了任何一项，这种食品就不能称之为是绿色食品。

绿色食品的特点

那么，根据以上我们所阐述的条件来讲，我们就不难理解绿色食品的特点了。相对于普通食品来说，绿色食品有三个显著特征。

1. 强调产品出自最佳生态环境。绿色食品生产从原料产地的生态环境入手，通过对原料产地及其周围的生态环境因子严格监测，判定其是否具备生产绿色食品的基础条件，而不是简单地禁止生产过程中化学物质的使用。

◆绿色食品标志

2. 对产品实行全程质量控制。绿色食品实行"从土地到餐桌"全程质量控制，而不是简单地对最终产品的有害成分含量和卫生指标进行测定，从而在农业和食品生产领域树立了全新的质量观。

3. 对产品依法实行标志管理。政府授权专门机构管理绿色食品标志，这是一种将技术手段和法律手段有机结合起来的生产组织和管理行为。

吃也要自由
——数字时代的饮食方式

亲爱的朋友，说到我们的饮食方式，你可能会想到：用筷子吃、用叉子吃；吃各种各样的小吃；跟朋友一起吃等等。不管你的脑子里呈现什么样的图景，其实，概括起来无非包含这几个要素：吃什么？用什么吃？在哪儿吃？和谁一起吃？而且，更重要的是在我们目前的生活条件和科技水平下，我们的饮食方式很受限制。就比如说，你想要举办一个生日宴会，那么你需要有足够大的地方，还需要有充足的准备时间，还要每个来参加的成员都能及时赶到。这其中的每一个要素的缺失都会让你的生日宴会变得很失败。那么，我们能不能想办法来解决一下这些难题呢，即便是没有合适的场地，即便朋友是在千里万里之外，这个生日宴会一样能办得有声有色，热热闹闹？

◆烛光晚餐

◆传统饮食

对于上面的问题，我们的答案是肯定的。在数字时代到来的时候，一切的这些难题都将不是问题。那么，我们是如何来解决这些问题的呢？请跟我一起走进数字时代领略一下新的饮食方式吧！

在前面的章节中，我们提到了数字时代各种各样新式的食品，相信各位已经大开眼界了。那么，随着食品工业的不断发展，我们还要用传统的进食方式来享用这些美食吗？如果真是这样的话，对于这些高科技的食品来说，就好像我们开着老式的拖拉机，却燃烧着新式航空机油一样，未免显得有些"土气"，有些不配套。如果你也觉得我们需要一些改变的话，那么，你认为我们的饮食方式在数字时代会有哪些不同呢？

便于携带的高能食物胶囊

◆驴友沉重的包袱

亲爱的朋友，如果你是一个喜欢时刻打包上路的"驴友"，你一定会有如此的体会：每次出行前不得不做好各种各样的物质准备。毕竟，出游不比在家里，什么东西都是随手可及，需要带上的东西一个都不能少。那么，在这些必备品里，最重要的就是食物了，没有食物一切都是免谈。可是，传统的食物，不管是液体或者是固体形态，在携带的时候都是非常不方便的。爬山下水的时候，这些食物扔又扔不得，背着又重，相信每次都会让你腰酸背痛，不堪重负。

这个时候，你肯定会想：如果这些食物能够小一点，轻一点，就像是动画片里面的仙豆一样，随身装上几颗就可以提供数日甚至是数星期的营养供给，那该多好。

这在以往可能是可望不可及的事情，但是在数字时代，这个难题将迎刃而解。在数字时代，我们的食物压缩技术已经非常成熟。而且在压制的过程中，不像以前的那些压缩食品一样，要么牺牲口感，要么牺牲营养。

不管是一般的荤素主食，还是我们生活中必须的一些果蔬类食物，都能被压缩成很小体积的胶囊。

◆食物胶囊

这些胶囊不但口感好，而且营养丰富，便于携带和存放。在食用时用水调和形成液态或胶态，缺水地区可以直接以固态食用。食物胶囊对旅行人士及职业需要携带浓缩食品的人士非常合适，而且可以作为常备食物、太空食品，为战争或者突变事故时提供足够的长期维生需要。

浓缩食品基本上是由小肠直接吸收的，一般不会形成排泄物，减少了肠胃的损耗，提高了人体的能量运用效率，同样也必然能够使人类的寿命延长很多年。

足不出户即可吃遍天下

◆辛苦的加班

你是否有过这样的经历：不管是酷热夏日还是数九隆冬，每当要出门吃饭或者买菜的时候，总是对户外火热或寒冷的天气相当的无奈；你喜欢吃某一家餐馆的特色菜，但是由于路途遥远，总是走了不到一半就累得没有了兴致；一整天你都坐在电脑桌前加班加点，累得两眼冒金星，却腾不出时间来好好吃一顿，补充一下营养……

但是，在数字时代，这些将不再是问题。数字时代，信息技术已经是极度发达，人们的生活也越来越依赖于四通八达的网络，很多活动都在信息技术的平台上展开。以前面提到的情况为例：如果你想吃某一家餐馆的特色菜，却不想跑太远的路，或者说时间不是很充足，你只需在互联网的订餐平台上发出一份订单，然后通过网络支付定金，足不出户新鲜美味的大餐就会很快被送到你的面前。想象一下，是不是很方便快捷呢？

虚拟宴会

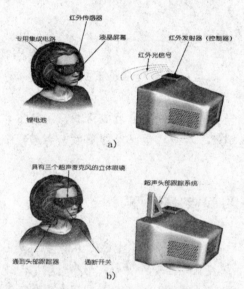

红外传感器

专用集成电路　　　液晶屏幕

红外发射器（控制器）

红外光信号

锂电池

a)

具有三个超声麦克风的立体眼镜

超声头部跟踪系统

通到头部跟踪器　　　通断开关

b)

◆虚拟现实技术

前面我们提到过，如果你想要举办一个生日宴会或者同学聚会的话，你需要准备很多很多东西。在宴会的准备阶段，场地、食物、邀请朋友等等这些环节一个都不能少，更重要的是你的朋友需要都能及时赶到。一旦有一个或者两个朋友不能来，就可能让你的宴会少了很多快乐，也会让你的心情大打折扣。而且，往往很多时候，事情总是那么不凑巧，总有朋友在忙一些事情或者不在本地。那么，这种情况怎么办呢？总不能宴会取消吧。

庆幸的是，这些情况在数字时代，可以说是小菜一碟。因为我们有基于互联网和多媒体技术的虚拟宴会系统。什么是虚拟宴会系统呢？其实，就是基于已经成熟的一种技术——虚拟现实技术，打造的一种虚拟的宴会餐饮系统。在这个系统里，你只用带上一个特质的眼镜，这个眼镜连接无线设备与互联网互联。这个时候，你只用通知一下你的好友在什么时间准备什么样的宴会，只要她（他）能在这个时间段里抽出时间也加入到这个系统里来，那么属于你们的盛大宴会随时就可以开始了。这个时候，你只用带好你的眼镜，准备好你喜欢吃的食物，这个虚拟宴会系统便会在你的面前虚拟出一个跟真实场景一样的宴会场面，各种桌椅、食物、服务生、甚至是你朋友的3D形象都会在你面前出现。这个系统的神奇之处还在于，当你和朋友干杯的时候还能发出清脆的碰撞声，甚至是当你和朋友拥抱的时候还能感觉到来自朋友的温暖。

在这个系统里，你不用害怕天气不好、准备工作烦琐，甚至朋友远在天边也不用担心，快乐的宴会说来就来。你只用打开相关设备，连上互联网，足不出户一场盛大宴会立刻就可以开幕。

◆虚拟宴会

虚拟现实技术

虚拟现实技术（简称 VR），又称灵境技术，是以沉浸性、交互性和构想性为基本特征的计算机高级人机界面。它综合利用了计算机图形学、仿真技术、多媒体技术、人工智能技术、计算机网络技术、并行处理技术和多传感器技术，模拟人的视觉、听觉、触觉等感觉器官功能，使人能够沉浸在计算机生成的虚拟境界中，并能够通过语言、手势等自然的方式与之进行实时交互，创建了一种适人化的多维信息空间。

个性定制食品

亲爱的朋友，不知道你在饭店是不是也曾有过这样的经历：点好的菜肴端上餐桌之后，饥肠辘辘的你迫不及待地想饱餐一顿。但是饭菜一入口，似乎总是要么偏淡，要么偏咸，或者火候太轻或太重，总之，吃起来总是不那么适合你的胃口。

这也难怪，每个人的爱好不同。饮食习惯不同，对于厨师来讲，他们也不可能对每个顾客的偏好都了如指掌。于是，就难免会有个别人感觉不太合胃口。怎么来解决这个问题呢?

其实很简单,只要能做到个性化定制就行了。就好像穿衣服一样,每个人的尺码都不一样,我们只用对每个不同的人量身定做就可以满足不同的个体需求了。那么,怎么样才能让饭店和厨师知道自己的饮食习惯呢?难道需要吃饭的时候我们每个人跑到厨房亲自告诉厨师?其实,完全不必这么大费周章。在数字时代,我们每个公民都有自己的个人信息芯片,它被放置在一个像 U 盘那么大的 USB 设备里面。芯片上记载了我们很多的相关信息,

◆难以下咽

我们的个人饮食偏好也会记录在里面。那么,我们在吃饭之前只用在专门的刷卡机上轻轻一刷,很快你的个人饮食爱好就会出现在厨房的显示屏上。这样厨师就可以为你量身定做你最喜爱的美食了,神奇吧!

◆带有个人信息的 U 盘

科技文件夹

芯片

一、芯片，指内含集成电路的硅片，体积很小，常常是计算机或其他设备的一部分。

二、芯片，泛指所有的电子元器件，是在硅板上集合多种电子元器件实现某种特定功能的电路模块。它是电子设备中最重要的部分，承担着运算和存储的功能。集成电路的应用范围覆盖了军工、民用的几乎所有的电子设备。

病不从口入
——数字时代的食品安全技术

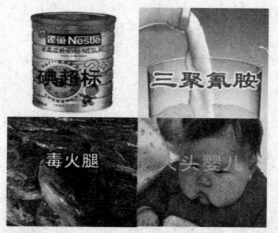

◆有毒食品

我们都经常说"民以食为天"，但是你听说过"食以安为先"吗？这也就是我们常说的食品安全。食品安全的重要性不用多说，每个人对自己每天吃进肚子里的食物都是万分的关心。它不仅关系着我们的身体健康，更是关系着国计民生、产业发展、社会稳定的头等大事。但是，目前我国的食品安全形势依然是非常严峻。

很多情况下，对于我们来说，甚至已经不是病从口入，而是"毒"从口入。每年，各种各样的食品安全事故时有发生，给国家、社会带来很多痛苦的回忆。

我们回顾一下这几年发生的一些影响比较恶劣的食品安全事故。2003年含敌敌畏的金华火腿，破坏食用者的肠、食道、胃黏膜，严重者致死；2004年阜阳劣质奶粉致使正常儿童变成"大头娃娃"，导致免疫力低下；2005年碘超标的雀巢奶粉，影响甲状腺功能；2006年含瘦肉精的猪肉，人食用后会出现头晕、恶心、手脚颤抖，甚至心脏骤停致昏迷死亡；2008年含三聚氰胺的婴幼儿奶粉，可能导致肾结石，肾衰竭等泌尿系统疾病，严重者可致死。由此可见，我们的食品安全状况不容乐观。这其中，固然有政策监督层面的原因，但是相关的食品检测技术不够成熟也是很重要的一个原因。

美食总动员——数字时代的饮食

据有关数据显示，对于日常食物中的农药残留检测，美国FDA的残留检测方法可同时检测出 360 多种农药残留物，德国的方法可检测出 325 种，加拿大的方法可检测出 251 种，而我国最新研制的仪器，却只能检测 180 种。技术手段的不足，直接导致了对一些食品问题检验的困难。

◆食品检测

一般来说，法律法规仅仅是对食品安全进行监管，对制售不安全食品行为进行法律约束的手段。那么如何知道一种食品是否安全，不安全食品的危害在哪里等等，这些问题都是法律所解决不了的，即便是强有力的政府或者严格的法律条文也要依赖于科技手段的应用检测。在食品安全检测方面，科学技术永远是第一重要的。利用科学技术来发现食

◆大棚监控

品中的不安全因素，然后再去了解什么情况下它会对人体造成危害，应采取什么有效措施去控制它，这都需要借助科技手段来完成。那么随着科技的进步，在数字时代，相关的食品安全检测手段也是多种多样的。

万 花 筒

FDA 是食品和药物管理局（Food and Drug Administration）的简称。FDA 的职责是确保美国本国生产或进口的食品、化妆品、药物、生物制剂、医疗设备和放射产品的安全。它是最早以保护消费者为主要职能的联邦机构之一。该机构与每一位美国公民的生活都息息相关。在国际上，FDA 被公认为是世界上最大的食品与药物管理机构之一。

食品安全需要关注的方面

一种食品是否安全，牵扯到很多方面，如：原料生产和运输过程、食品生产制造过程、食品保鲜过程等等。任何一个环节出现意外都会导致该食品的安全性和食用性出现严重的问题。因此，对于食品安全的关注，必须从原料、生产、保鲜这几个方面入手。

◆传感器

食品制造原料管理与监测

◆大棚监控

在以往的作物或者果蔬的种植过程中，大部分的操作，如：施肥、灌溉、温控都是由人工来完成的。这就造成在很多细节问题上难以得到及时有效地控制。比如，作物需要使用什么肥料？一次用多少最好？作物是否有虫害？怎么样采取杀虫措施？这些方面，严格来讲是需要很科学很细致地进行调配和实施的。因此，在以往的种植过程中，很容易就会使这些食品原料变得不健康、不

美食总动员——数字时代的饮食

卫生，进而使制造出来的食物也无法保证安全。

在数字时代，由于各种监测监控系统的发达，我们可以借助一些相关的监控监测和分析仪器对作物和果蔬的生长过程进行全程监控。那么，我们可以以大棚种植蔬菜为例来简单说明一下这个过程是怎么来实施的。

> 传感器是一种物理装置或生物器官，能够探测、感受外界的信号、物理条件（如光、热、湿度）或化学组成（如烟雾），并将探知的信息传递给其他装置或器官。

首先，我们在每一个大棚的内部安装一些高分辨率监视器、传感器、土壤监测分析仪和植物表面化学物质分析仪。高分辨率监视器可以监测植物体是否有虫害出现；传感器被用来监测大棚内的温度、湿度、气压等指标；土壤监测分析仪器被用来监测土壤里是否有一些可能出现的污染源以及各种肥料的含量是否超标；植物表面分析仪可以根据植物的蒸腾作用来监测植物体内是否含有超标的有害元素等等。

一旦有任何异常情况，比如说是土壤里重金属含量超标或者是植物肥料施用过多，各种设备就会向控制中心发送警报数据。这个时候，我们就可以从控制中心获取相关的数据，并进行一定的处理。

当然，对于动物的饲养也可以采用这种措施。比如，我们可以在牛的身上装上一些相关的检测设备。一旦牛的体温异常，体内细菌的数量增多，或者是有一些感染性的病毒出现，那么这些设备通过无线发射装置就可以向我们的控制终端发送信号。我们就可以根据不同情况来采取措施，防止任何异常情况的发生。

储存、运输与生产中的管理与监测

我们日常生活中吃的食品，其生产原料大部分是由蛋白质、脂肪、糖等构成，这就决定了食品在储存、运输和生产过程中很容易变质、感染病毒或者发生病变。同时，也会有不法商贩为了牟利，对这些原料进行"特殊"处理，造成人为污染。因此，在这些过程中也需要进行严密的监控，并随时加以防范。

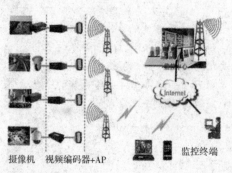

摄像机　视频编码器+AP　　　　　　监控终端

◆无线监控

对于在这些过程中可能出现的问题，我们也同样进行科学的监控。首先，在数字时代，各种各样新式的交通工具的运行速度已经是非常快了，不管是公路、铁路还是空运，我们尽可能使用最快速的方式。这样，就可以尽可能地防止变质或者病变。当然，对于在食品运输或者原料储藏过程中可能出现的情况，我们一样可以在运载工具内部和储藏空间内部安装一系列的监测设备。不管是什么原料，其构成部分都是一定的，比如，肉类含脂肪多一点；水果含维生素多一点；谷物含淀粉多一点。那么，我们便可以根据这些固定的物质元素构成，使用一些特定的化学物质光谱监测分析仪器及相关设备，在运载工具内部时刻监测这些成分的构成。一旦这些原料的物质构成发生改变，那么这些仪器同样也会利用无线发射装置向控制终端发送相关的信息警报。这个时候，我们就可以通过远程控制的一些手段来做一些处理，比如，由于温度太高引起原料变质，我们可以通过远程控制系统调低冷藏的温度；又如，由于运输过程中密封程度不够，我们可以及时利用智能控制系统排出储藏空间里的空气，

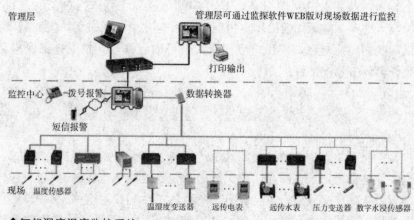

管理层　　　　　　　　　　　　管理层可通过监探软件WEB版对现场数据进行监控

打印输出

监控中心　拨号报警　　　　数据转换器

短信报警

现场　温度传感器

温湿度变送器　远传电表　远传水表　压力变送器　数字水浸传感器

◆智能湿度温度监控系统

并增加其气密性等等。

食品销售、食用过程中的监测

亲爱的朋友，不知道你在日常生活中留意过没有，我们经常使用的牛奶、面包、馒头以及各种谷物类制品，只要不是变质得很严重，一般通过肉眼很难辨别其是否变质或者过期。即便诸如此类的食物已经严重过期，有些不法商贩依然可以使用一些非常规的方法对其加以"特殊"处理，就算是你仔细研究，只要没有专门的检测仪器，也是难以辨别的。另外，在有些食品的制造过程中，不法商贩一样可以采取一些卑劣的方法进行加工处理，使用一些腐败变质的原料制造出看着跟正常状态一样的食品。像近些年出现的"毒大米"，"毒辣椒"，"毒火腿"等等，都是典型的例子。

那么，对于这些隐形的食品问题，我们该如何判断呢？

既然，不法商贩可以使用技术手段来处理，那么我们也可以"以彼之道还施彼身"。我们也利用数字时代的先进技术手段，让这些毒食品显露原形。

在数字时代，对于日常生活中简单的食物监测，我们将有很多便于携带、应用方便的检测设备。

一、手持式光谱分析仪

光谱分析仪，是一种用于测量发光体的辐射光谱，即发光体本身的指标参数的仪器。

在我们以前的生活中，要想鉴定一颗白菜是否卫生、健康，是否包含有害物质，往往我们只能凭经验，或者目测等一些很原始的手段。这样的判断方法必然是不能完全识别有害物质的。但是在数字时代，我们可以根据光

◆手持式光谱分析仪

谱分析的原理，利用手持式光谱分析仪来监测日常生活中的一些食品是否包含一些特定的有害物质或者有些有害成分超标的情况。当我们去买菜的时候，我们可以把这些菜放在仪器上扫描一遍，就像在超市购物扫条形码一样，然后在显示屏上就可以显示当前的蔬菜是否健康、卫生。这真的是一件很方便的事儿，我们就再也不用为"放心的吃"发愁了。

知识库——光谱分析

任何元素的原子都是由原子核和绕核运动的电子组成的，原子核外电子按其能量的高低分层分布而形成不同的能级，因此，一个原子核可以具有多种能级状态。

能量最低的能级状态称为基态能级（$E_0 = 0$），其余能级称为激发态能级，而能级最低的激发态则称为第一激发态。正常情况下，原子处于基态，核外电子在各自能量最低的轨道上运动。

如果将一定外界能量如光能提供给该基态原子，当外界光能量 E 恰好等于该基态原子中基态和某一较高能级之间的能级差时，该原子将吸收这一特征波长的光，外层电子由基态跃迁到相应的激发态，而产生原子吸收光谱。

电子跃迁到较高能级以后处于激发态，但激发态电子是不稳定的，大约经过 10^{-8} 秒以后，激发态电子将返回基态或其他较低能级，并将电子跃迁时所吸收的能量以光的形式释放出去，这个过程称原子发射光谱。可见原子吸收光谱过程吸收辐射能量，而原子发射光谱过程则释放辐射能量。

二、有害金属分析仪

在我们日常饮食中，经常经意或者不经意地食入一些有害的金属，如铅、汞等。这些食物对人体危害相当的大。

对于这些物质的识别，通过肉眼肯定是不行的。还好，我们有先进便携的有害金属分析仪。买任何食品，只用把这个仪器对着食物扫描一下，里面是否包含重金属就立刻显现出来了。

SHENGHUO
ZAI SHUZI SHIDAI

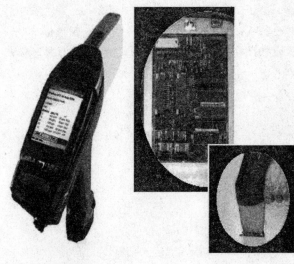

◆有害金属分析仪

 友情提醒——常见的重金属及其危害

　　化学上根据金属的密度把金属分成重金属和轻金属，常把密度大于 $5g/cm^3$ 的金属称为重金属，如金、银、铜、铅、锌、镍、钴、铬、汞、镉等大约45种。

　　其中，对人体危害最大的有5种：如铅、汞、铬、砷、镉等。这些重金属在水中不能被分解，与水中的其他毒素结合生成毒性更大的有机物。其他对对人体有危害的还有：铝、钴、钒、锑、锰、锡、铊等。

　　重金属对人体的伤害常见的有：

　　铅：伤害人的脑细胞，致癌致突变等。

　　汞：食入后直接沉入肝脏，对大脑神经、视力破坏极大。天然水每升水中含0.01毫克，就会强烈中毒。

　　铬：会造成四肢麻木，精神异常。

　　砷：会使皮肤色素沉着，导致异常角质化。

　　镉：导致高血压，引起心脑血管疾病；破坏骨钙，引起肾功能失调。

　　铝：积累多时，对儿童造成智力低下；对中年人造成记忆力减退；对老年人造成痴呆等。

　　钴：能对皮肤有放射性损伤。

钒：伤人的心、肺，导致胆固醇代谢异常。

锑：与砷能使银手饰变成砖红色，对皮肤有放射性损伤。

锡：与铅是古代巨毒药'鸩'中的重要成分，入腹后凝固成块，坠人至死。

不走寻常路

——数字时代的交通

　　从最初人类的双脚，到被驯服的动物们，以人力、畜力作为动力的交通工具占据了人类历史的绝大部分时间。直至蒸汽机的出现，人类交通工具才进入了飞速发展阶段。短短数百年，人类不仅能够上天入地，而且交通技术的发展也是日新月异。

　　未来的交通将会使人们更加随心所欲，自由翱翔于城市之巅，穿梭于地球村庄，实现每个人的梦想之旅……

飞天梦想——飞行汽车

一提起未来的交通，大家第一个想到的估计就是会飞的汽车了。当今的汽车，技术越来越高，速度也越来越快，可当我们真把它们开到城市中，拥堵在车群里，别说跟一般的车辆没区别，就连人力自行车都可能比它们跑得快，那速度还有什么意义呢？于是，会飞的汽车就呼之欲出了。

飞行汽车集飞机的自由与汽车的轻便于一体，既可以天上飞，也可以地下跑。看过哈利波特的朋友，肯定会对那辆带着小哈利飞去魔法学校的汽车念念不忘的。其实这种汽车离我们已经不远了。这一节，我们就一起来一次奇妙的飞行之旅吧！

◆飞行汽车

人类研究飞行汽车已经有一段历史了，也有一些飞行汽车已经问世。但要真正实现批量生产，让飞行汽车走进我们的生活，还要做很多努力。因为这不仅在技术上需要解决汽车的起飞滑行距离、飞行高度，能源供给等问题，还要解决驾驶资格，行驶安全以及相应的交通管理方案等连带问题。

M200G 型飞行汽车

◆穆勒国际公司生产的 M200G 型飞行汽车

◆M200G 型飞行汽车

飞行汽车在大家心里是神秘的，像"传说"中的飞碟一样，可如今把这两件神秘的事物结合起来，反而不神秘了。据国外媒体报道，只要花上 9 万美元，你就可以拥有一架传说中的"飞碟"。当然，这架"飞碟"无法带你去其他星球旅行，因为它只是一种类似于气垫船的飞行汽车，其飞行高度最多也只有 3 米。

这种名为"M200G 飞行器"的飞行汽车是由美国加州戴维斯的穆勒国际公司（MollerInternational）研发的，配备 8 个小型旋转发动机，可垂直起降。

穆勒国际公司的发言人布鲁斯·凯尔金斯解释说，这种飞行汽车由电脑系统操控，最大载重为 113.4 千克，驾驶员只要设定好需要的高度（由接触雷达探测确定），就可以使用一根控制杆进行操纵驾驶。飞行汽车系统电脑控制的最大飞行高度为 3 米，如果驾驶者想要飞得更高，就必须申请取得驾驶员执照。

布鲁斯·凯尔金斯说："我并不确定谁将首先拥有第一架 M200G，但我想最可能拥有这种飞行汽车的人应该是那些无法外出，且无法在陆地上驾驶交通工具的人们，因为这种飞行器适合各种地表飞行，包括水面、沙漠、雪地、沼泽和草地。"当然，驾驶飞行汽车上路除需要遵守普通的交通规则外，还要得到航空部门的批准。

M200G 的优点在于对燃料不挑剔，除汽油外，酒精和水的混合物也可以作为它的燃料，且废气排放量低。然而，它的弱点在于用油并不经济：如果以最高速度每小时 80 千米飞行一小时左右，它将要消耗

◆M200G 型飞行汽车

掉高达 182 升的燃料。此外，飞行过程中产生的噪音高达 85 分贝。当然，这些缺点都在科学家不断地努力中被改善着。凯尔金斯表示，这辆车安全舒适、容易操作，而且价位也比较合理，公司希望通过安装一些消声器，最终将噪音降低到 65 分贝。

科技文件夹

飞碟

未经查明的空中飞行物，国际上通称 UFO，俗称飞碟。在中国古代，UFO 又叫作星槎。20 世纪以前较完整的目击报告有 300 件以上。据目击者报告，不明飞行物外形多呈圆盘状（碟状）、球状和雪茄状。20 世纪 40 年代末起，不明飞行物目击事件急剧增多，引起了科学界的争论。持否定态度的科学家认为很多目击报告不可信，不明飞行物并不存在，只不过是人们的幻觉或是目击者对自然现象的一种曲解；肯定者认为不明飞行物是一种真实现象，正在被越来越多的事实所证实。

小资料——音量与健康

190 分贝——导致死亡

140 分贝——欧盟界定的导致听力完全损害的最高临界点

139 分贝——沙尔克球迷的呐喊声

130分贝——火箭发射的声音

125分贝——喷气式飞机起飞的声音

120分贝——在这种环境下待超过一分钟即会产生暂时耳聋

110分贝——螺旋桨飞机起飞声音、摇滚音乐会的声音

105分贝——永久损伤听觉

100分贝——气压钻机声音、压缩铁锤捶打重物的声音

90分贝——嘈杂酒吧环境声音、电动锯锯木头的声音

◆路边音量测试

85分贝及以下——不会破坏耳蜗内的毛细胞

80分贝——嘈杂的办公室、高速公路上的声音

75分贝——人体耳朵舒适度上限

70分贝——街道环境声音

50分贝——正常交谈声音

20分贝——窃窃私语

PAL－V 飞行汽车

◆PAL－V飞行汽车

据英国《每日邮报》报道，专家从1999年开始研发这款面向大众的飞行汽车，2006年推出概念车，样车现在已经在荷兰问世。这款飞行汽车，在陆地上就像一辆三轮机动车，最高时速可达200千米。

飞行汽车的飞行秘密藏在它的顶部和尾端。顶部可折叠的叶轮，可以调整转速从而控制飞行高度；尾部的推进器，负责提供前行动力；尾部装配的获得专利的自动平衡装置，可以保证飞行汽车转弯时自动

不走寻常路——数字时代的交通

◆PAL－V 飞行汽车

倾斜。这样一套简单的飞行装备，能保证飞行汽车在 5 秒内从静止状态加速到时速 90 千米。它起飞滑行距离需要 50 米，着陆滑行距离只需不到 5 米，最高能飞到 1200 米的高空，加满油后一次最远可飞行约 550 千米。这些参数都不禁让人拍手称赞，但唯一比较可惜的是，这款飞行汽车目前只能供一人乘坐。

这款飞行汽车的发明人约翰·巴克说："自从亨利·福特发明 T 字福特车以来，人们就开始梦想有一天能驾驶空陆两用车，这个梦想终于在 90 年后的今天得以实现。"

设计者相信，飞行汽车正式上市时，售价不会比豪华轿车贵太多。对拥有汽车驾照、要驾驶飞行汽车的人来说，只需花 10 到 20 小时的培训就能取得一张业余飞行执照，这对我们来说是很容易实现的。

这款飞行汽车采用环保节油的陆空两用引擎。这种引擎使用普通车用的无铅汽油，一般的路边加油站就有出售。不仅如此，该车的内部操控系统同样也是陆空两用的，十分灵活。

在地面上，身形修长的飞行汽车如同豪华轿车一样舒适，且比普通汽车更加灵巧；在空中，因为飞行高度低于商业航班的飞行高度，飞行汽车的驾驶者不必向有关部门提前递交飞行报告（国外很多国家放开了空中管制，比如在美国，3000 米以下的空中管制较少，西欧一些国家在 2000 米、1500 米以下也是如此）。

另外，飞行汽车的可折叠旋翼，能够保证驾驶和着陆的安全性。与普通直升机不同，飞行汽车的叶轮在空中只需空气动力即可旋转。即使引擎在空中出现故障，顶部的叶轮也可以继续旋转，使飞行汽车平稳降落而非突然下坠。该车配备的卫星定位系统（GPS）和雷达系统，也能最大限度保证其在空中的安全性。总之，这是一款理想的飞行汽车。

想一想·议一议

飞行汽车能否在中国飞呢?

中国的管制空域分为四种类型:

高空管制空域（6000~12000 米高度）

中低空管制空域［6000 米以下至对应的进近（终端）管制区和塔台管制区以上的高度］,进近（终端）管制空域和机场管制地带。

很显然,飞行汽车的飞行高度（0~1200 米）,仍属于我国的管制空域。也就是说,如果空管部门不批准飞行汽车的飞行申请,该车就不能飞起来。这一点,跟中国目前日渐兴起的私人飞机遭遇的情况相似。

Transition 飞行汽车

2009 年 3 月 18 日,美国马萨诸塞州沃伯恩的 Terrafugia 公司宣布,已经完成了世界上第一辆飞行汽车的首次试飞。这款名为 "Transition" 的飞行汽车,机翼可以折叠,翼展约为 8.3 米,飞行距离可达 740 千米,最高时速 185 千米。在路面行驶可以变换成汽车模式。

Terrafugia 公司发言人介绍说:"它的飞行距离可以达到 740 千米,着陆后,你变换模式就可以直接开往目的地。到达之后,你只需把汽车的翅膀收起来,就可以像其他汽车那样停到车库里。有了这款飞行车,前往当地机场变得更为容易。你所要用的就是时刻准备变换操作模式，即飞行或路上驾驶。"

Terrafugia 公司称，Transition 飞车在加满油的情况下可在空中飞行 740 千米。另外，给 Transition 飞车加油也很简单，只要驾驶它来到距离最近的一块空地，加满无铅汽油即可。在此之前，也有飞车在世人面前亮过相，但 Transition 却是第一款经过验证的折叠翼飞车，从空中向陆地的过渡堪称天衣无缝。

◆Transition 飞行汽车

一旦 Transition 到达适合起飞的地点，如机场或足够大的平坦私人土地，以电力控制的机翼可在 30 秒内展开，并启动后方的螺旋桨起飞。它在空中飞行的时速可达 185 千米，加一次油可飞行 740 千米，载重 204 千克。

◆Transition 飞行汽车与一架飞机一起飞行

◆孩子心中的飞行汽车

它起飞需要 520 米的跑道，可停放在标准的车库内。

不过，Transition 在真正投入使用前还有许多障碍需要排除。首先，它的成本高达 13.9 万英镑左右，市场价肯定还会更高。另外，如果驾驶者希望体验空中飞行，还需要提供驾驶证和飞行员执照。同时，还需要各国家出台相应的法律法规。不过，这些毕竟都只是时间问题，有了试飞成功的 Transition，我们完全可以相信，开上汽车天上飞的日子已经为时不远。

没有最快，只有更快
——高速列车

　　"更快，更高，更强"，正像奥林匹克精神一样，人类对交通工具的追求也是越来越快。经过蒸汽阶段、内燃阶段、电气阶段和自动化阶段，今天的世界，由于科技的迅猛发展，交通工具的速度可谓突飞猛进。

　　从普快到特快，从动车到高铁，从公交到地铁，从轻轨到磁悬浮……人类追求速度的脚步从未停息。相信有一天，我们周末没事就可以轻易地出国旅游。想象一下，我们上午还在巴黎感受埃菲尔铁塔的浪漫，下午便在悉尼歌剧院欣赏歌剧，晚上又回到了自己温馨的小窝，那将是多么开心的一天啊！

◆磁悬浮列车

想要知道未来的列车能跑多快，我们先要来看看今天的交通工具已经达到了什么速度。且不说世界，就中国这几年的交通发展都可以称得上日新月异，下面我们先来了解一下身边的"飞毛腿"。

动车组列车

◆和谐号动车组

◆法国 TGV—A 动车

"动车组"想必大家都很熟悉，就算没坐过，也经常会听到电视里的报道。大家都知道它是列车的一种，那么你知道它到底和一般的列车有什么不同？为什么起这样一个名字吗？

把动力装置分散安装在每节车厢上，使其既具有牵引动力，又可以载客，这样的客车便叫做动车。而动车组就是把几节自带动力的车辆加几节不带动力的车辆编成一组。其中，带动力的车辆叫动车，不带动力的车辆叫拖车。

对动车组列车来说，"单元"是最突出和最核心的概念。"单元"指若干车辆以特定方式连挂以实现特定功能的编组。而当这样编组中的一节再也不能缩减时，称作"最小单元"。某些情况下，单元内会有可以摘除的冗余车辆，但多数情况下单元就是最小单元。最小单元一旦被拆散，该单元用以实现的功能将消失，或者不再完整。在比较罕见的情况下，单节车也可以成为单元。为方便描述，单元一般分成：制动单元、自走单元、随走单元、运营单元和特殊单元。

不走寻常路——数字时代的交通 ‹‹‹‹‹‹‹‹‹‹‹‹‹‹‹‹‹‹‹‹‹‹‹‹‹

动车组有两种牵引动力的分布方式，一种叫动力分散，另一种叫动力集中。动力分散动车组的优点是：动力装置分布在列车不同的位置上，因此能够实现较大的牵引力，编组灵活。由于采用动力制动的轮较多，制动效率高，且调速性能好，制动加速度大，适合用于限速区段较多的线路。另外，列车中一节动车的牵引动力发生故障对全列车的牵引指标影响不大，安全性好。但这种动车组的缺点是：由于牵引力设备的数量多，导致总重量大。另一种动力集中动车组的优点在于：动力装置集中安装在2～3节车上，检查维修比较方便，电气设备的总重量小于动力分散的动车组。相应的，它的缺点是动车的轴重较大，对线路不利。

常见的动车组有日本新干线、德国 ICE、法国 TGV、欧洲之星、瑞典X2000、美国 ACELA、中国的蓝箭、中原之星、中华之星、新曙光、香港KTT 等。现在，地铁轻轨也都采用了动车组方式。

开 心 驿 站

"动车组"这个由国人创造出来的词，在英文中没有明确的对应，最接近的翻译为"Train Set With Power Car"——带有动车的列车编组，是非常正宗的中国式英语啊！

小资料——中国动车的发展

2003 年 11 月 29 日，铁道部部长办公会审议通过《加快机车车辆装备现代化实施纲要》。

2004 年 4 月 1 日，国务院召开会议专题研究铁路机车车辆装备有关问题，形成《研究铁路机车车辆装备有关问题的会议纪要》。

2004 年 7 月 29 日，国家发改委与铁道部联合印发《大功率交流

◆德国 ICE 动车

◆中国中原之星

◆你坐过动车吗？你观察到它和一般的列车还有什么区别

传动电力机车技术引进与国产化实施方案》和《时速200千米动车组引进与国产化实施方案》。

2004年8月，铁道部公开招标采购时速200千米动车组项目。

2005年10月，铁道部公开招标采购时速300千米动车组项目。

2006年7月31日，国内首列国产的时速200千米动车组下线。

2006年9月，铁路部门在胶济线以及第六次大提速既有线改造区段，组织了多次全线拉通试验和提速平推试验，动车组进入运行试验。

2007年2月，动车组以160千米的时速投入春运。

2007年4月18日，动车组全面上线投入运营。

2008年8月1日，动车组投入运营的京津线是中国首条高速铁路客运专线，是中国进入高铁时代的标志。

磁悬浮列车

磁悬浮列车在许多人心里是神秘的，"高不可攀"。其实它的基本原理很简单，是初中孩子都知道的"同名磁极相排斥，异名磁极相吸引"。由于列车和轨道间的磁力使之悬浮在空中，运行时不需要接触地面，所以磁悬浮列车所受的阻力只

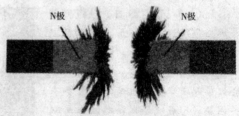

N极　　　　　　N极

同极相斥，铁屑被相斥远离

◆同名磁极相排斥

有空气阻力，非常小。因此，磁悬浮列车的最高速度可达每小时 500 千米以上，比一般高速列车的 300 多千米还要快得多。

由于磁铁有同性相斥和异性相吸两种形式，故磁悬浮列车也有两种相应的形式：一种是利用磁铁同性相斥原理而设计的，它利用车上超导体电磁铁形成的磁场与轨道上线圈形成的磁场之间所产生的相斥力，使车体悬浮运行的铁路；另一种则是利用磁铁异性相吸原理而设计的，它是在车体底部及两侧倒转向上的顶部安装磁铁，在 T 形导轨的上方和伸臂部分下方分别设反作用板和感应钢板，控制电磁铁的电流，使电磁铁和导轨间保持 10～15 毫米的间隙，并使导轨钢板的排斥力与车辆的重力平衡，从而使车体悬浮于车道的导轨面上运行。

◆运行中的磁悬浮列车（左）和磁悬浮列车中的磁场（右）

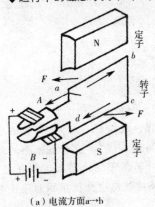
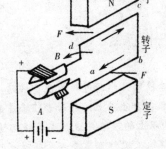

（a）电流方面a→b　　　　　　（b）电流方向相反d→a

◆类似电动机原理

　　磁悬浮列车运行原理通俗地讲就是，在位于轨道两侧的线圈里流动的交流电，能将线圈变为电磁体。由于它与列车上的超导电磁体的相互作用，就使列车开动起来。列车前进是因为开始列车头部的电磁体（N 极）

被安装在靠前一点的轨道上的电磁体（S极）所吸引，并且同时又被安装在轨道上稍后一点的电磁体（N极）所排斥。当列车前进时，在线圈里流动的电流流向就反转过来了。其结果就是原来那个S极线圈，现在变为N极线圈了，原来的N极也相应的变成S极。这样，列车由于电磁极性的转换而得以持续向前奔驰。运行中根据车速，动车通过电能转换器调整在线圈里流动的交流电的频率和电压。

上海磁悬浮列车是世界第一条磁悬浮列车示范运营线。它西起上海轨道交通2号线的龙阳路站，东至上海浦东国际机场。专线全长29.863千米，时速可达430千米。这列当今世界上最快的列车，带车头的车厢总长27.196米，宽3.7米，中间车厢长24.768米，14分钟内能在上海市区和浦东机场之间打个来回。

上海磁悬浮列车的配套装置也非常先进。一个供电区内只允许一辆列车运行，轨道两侧25米处有隔离网，上下两侧也有防护设备。列车转弯处的半径可达8000米，肉眼观察几乎是一条直线；最小的半径也有1300米，因此乘客不会有不适感。轨道全线两边50米范围内装有目前国际上最先进的隔离装置。

继上海磁悬浮列车后，中国的成都、大连也相继出现了磁悬浮列车，有机会的话，大家都可以去体验一下当今世界领先的速度。

链接——高铁

高速铁路是指通过改造原有线路（直线化、轨距标准化），使营运速率达到每小时200千米以上；或者专门修建新的"高速新线"，使营运速率达到每小时250千米以上的铁路系统。高速铁路除了使列车在营运速度上达到一定标准外，车辆、路轨、操作都需要配套提升。广义的高速铁路包含使用磁悬浮技术的高速轨道运输系统。

中国目前高速铁路有：京津城际、昌九城际、沪宁高铁、哈大线、武广客运专线、郑西高速铁路、温福线、京石线、汉宜线、广深港、京沪线、福厦铁路等。到2020年，计划用6万亿修建5万千米高速铁路。

管道飞车

在磁悬浮列车的基础上，未来将出现一种奇特的交通运输系统——管道飞行系统，这是由超高速飞车和无空气隧道组成的。飞车在隧道中行驶，时速高达2万多千米，是目前客机飞行速度的20倍。有人把这种飞车称为"炮弹"列车。

这种列车之所以有如此高的飞行速度，原因有几个方面：一是飞车的形状是流线型，这

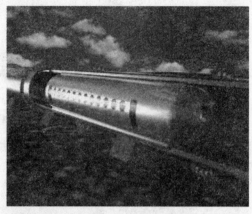

◆未来的管道飞车

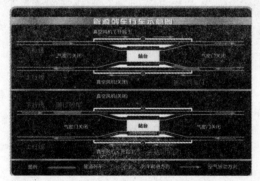

◆管道列车行车示意图

◆管道飞车运行示意图

样可以最大限度地减少空气的阻力。二是它不是以汽油为燃料，而是依靠电磁力推动的，也就是我们说的磁浮列车，本身速度就很快。三是由于列车行驶在一种隧道中，其中的空气已经被抽去，所以，列车行进时几乎没有空气阻力。

你还能想到其他方法提高列车车速吗？

据专家估计，这种磁力悬浮列车可能最先在美国进入实际应用。到那

时，若要横跨美国，从东海岸的纽约到西海岸的洛杉矶，全程只需要 21 分钟。除了在美国建立全国性的巨大的隧道网之外，科学家们还向往着在北海底下经格棱兰和冰岛，再经白令海峡，用隧道将美洲和欧、亚、非三洲连成一体。那时，乘管道飞车，只要 3 小时就可以周游世界了。这种车将成为地球上交通工具之冠。

前面我们已经知道磁浮列车目前已在多个国家研制成功了，但由于管道飞车要求飞行的条件很高，开通、建造飞行管道是一个非常艰巨而宏伟的工程。所以目前只有车而无"道"，还不能出现在交通线上。不过一种专业的能熔穿石块的地道钻机已经在研制，这项技术将为飞车的出现打好基础。相信不久，管道飞车将真正带我们飞行。

我们深信，未来的列车将会越来越快，真正地让世界成为一家！

要速度，更要自由
——高速汽车

前面我们说了未来的高速列车，能够达到很高的速度，但列车终究是列车，再快也是不自由的，需要根据列车时刻表出行。因此高速列车主要使用于远途旅行。而对于我们的日常生活来说，更有意义的应该是家用的汽车。如果汽车能够实现高速行驶，那才能真正方便我们的生活。

◆未来汽车

这些年，很多国家都在致力于研究未来的高速汽车，这一节我们就来提前领略一下高速汽车的风采吧！

超级汽车

"以 250 千米每小时的速度行驶，提供点对点的运输，这就是对环保有利的未来公共运输蓝图"，荷兰代夫特理工大学的胡波·奥克尔斯教授说。奥克尔斯是第一个到达太空的荷兰人，如今是荷兰代夫特理工大学的航空工程技术（ASSET）系的主任。在体会到公共交通普遍拥挤的情况后，他首次萌生了要改革汽车交通现状的想法。

这种超级汽车是采用 F1 车体设计技术的未来汽车，车体只有 5.6 米，与普通的长途汽车相当，而高度只有 1.7 米高，很奇怪的比例。它材料超

◆超级汽车侧面

◆超级汽车头部

◆超级汽车尾部

轻、底盘超低、速度超快，拥有6个车轮，使用电力驱动，具有极好的空气动力效果和最大的能效。当行驶在特殊的超级道路上时，时速可达 250 千米。这些出众的设计让"超级汽车"计划成为未来公共交通的另一个最佳选择。

除了较高的科技含量外，超级汽车的外观也相当酷。从计算机模拟的概念图来看，超级汽车似乎比一个标准篮球场的长度还要长得多。但事实上它的长度和宽度与普通的汽车基本相同，之所以看起来很长是因为超级汽车不合比例的身高。1.7 米，乘客在车内将无法站立?! 不过大家完全不必为此担心，因为根据超级汽车的设计，车内有超过 30 个拥有单独车门的座位，乘客已经完全不需要站着乘车了。

更不可思议的是，乘客搭车不仅拥有独自的门进入汽车，还能在此车上找到飞机上所有的娱乐和便利。与此同时，为了使超级汽车能与磁悬浮列车相媲美，而又不打破现有车速的规定，代尔夫特理工大学的工程师们也不遗余力地研究可供其行驶的超级跑道，并声称让现有道路改造成超级道路非常容易和便宜。超级跑道也将采用可持续的高性能技术，利用地热加热，可以在夏天贮存热量，然后在冬天释放出来，以避免结冰。

在超级汽车交通网的设计上，荷兰人也有全新的想法。设计师计划抛弃传统公交车"站到站"的设计，而是通过高智能化的路线安排，为乘客提供"门到门"的搭乘享受。超级汽车每边有 8 个门，乘客可以通过网络或手机短信来查询离自己距离最近的超级汽车，并发出乘坐请求信号、预定座位和下站地点。超级汽车系统的中央电脑将会分析出线路中最佳的地点来停车上下客。

这会给我们的生活带来多大的方便啊！工程师们给出了超级汽车的使

用寿命为三年，这意味着它能适应技术的快速更新。相信超级汽车会给我们带来更多惊喜的。

Motivity 400－C 概念车

上一篇我们已经看过了磁悬浮列车，对磁悬浮的概念已经不陌生了，那么你听说过应用磁悬浮技术的汽车吗？日本 Nissan 目前就推出了一款应用磁悬浮技术的概念车，该车被命名为"Motivity400－C"。

Motivity400－C 概念车是对未来设计的一种概念车。它使用了磁悬浮列车的发动机系统，即使在较大的阻力下仍然可以保证对车的绝对控制。车身前侧呈三角形，酷似鱼头，这样的造型可以减少空气阻力从而提升该车的速度。因此，这款车有着出色的速度，并且节约电力。但目前还不清楚该车将用何种方式实现在马路上的行驶。

车厢内部，Motivity400－C 概念车配置了普通的方向盘，座椅为1＋1座椅设置，但其设置与普通的双座车型有所不同，其两

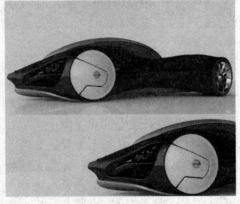

◆Motivity 400－C 汽车

个座椅为前后放置。该车与其他普通车型相区别的还有，该车的车顶采用的是折篷式的风格，但由于车身中的空间过于狭小，可能会对一些大个子的人进入汽车造成不便。

虽然 Motivity400－C 概念车还有很多不足，还没有真正的实现运行，

但将磁悬浮概念引入汽车已经是很多科学家的研究方向。因此，它一定会在不远的数字时代实现的。

V2G 概念车

◆V2G 汽车

2009 年洛杉矶组织了一场以"Youth Mobile 2030"为主题的车展设计挑战赛，要求参赛者设计一款 2030 年的年轻人使用的便捷、环保型交通工具。这场比赛最终的赢家为日产 V2G（Vehicle－to－Grid）概念车。主办方认为，20 年后，电气化将成为高速路的主导，一种名为 GRID 的燃油经济高速交通网络将会建立。日产所推出的 V2G 汽车就是适应这样的交通而诞生的一款车型。

那么 V2G 到底有哪些独特之处，为什么会在众多车型中脱颖而出呢？我们来一睹芳容。

静静观赏 V2G，思绪不由地飘向 2030，科幻电影中的场面一幕幕浮现：在 GRID 高速电气化路网上，V2G 不仅可以高效地列队行驶，还可以惬意地自由驰骋。从外形来看，V2G 似乎更容易让人想到科幻电影中的战斗机器，亦或是一辆小巧轻盈的太阳能赛车，实际上它的确是一辆节能高效的单人电动车。完全电动的驱动模式，6 个自行车般的车轮，其中 4 个隐藏在它匍匐的双臂内部，驾驶者以半躺的姿势驾驶。

日产公司的设计师称，凭借其较低的使用成本、动态的车身外观设计以及优质的车身结构设计，日产 V2G 汽车将成为 20 年后最畅销的电动车型。该车采用比较简单且容易操作的电动车身结构，是一款十分环保的车型。除此之外，日产 V2G 还具有其独特之处，可为富有创造性的年轻人提供多种个性化的使用方法。而其独特的外观造型，也将会折服不少喜欢标新立异的年轻人。

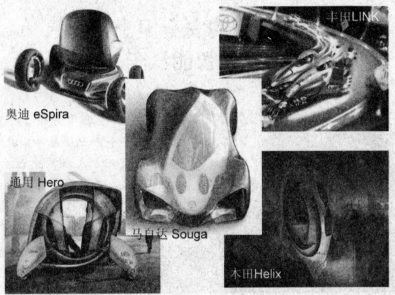

◆ "Youth Mobile 2030" 上其他参展车辆

我们的安全卫士
——智能汽车

◆智能汽车

根据有关部门的统计，多年来中国每年因交通事故死亡人数均超过 10 万人，居世界第一。也就是说，在中国每 5 分钟就有一人丧身车轮，每 1 分钟都会有一人因交通事故而伤残，每年因交通事故所造成的经济损失达数百亿元。中国拥有全球 1.9％的汽车，引发的交通死亡事故却占了全球的 15％！

如果以前问我们的汽车设计师，他们的梦想是什么，他们一定回答：希望拥有更强劲的马达和更快的汽车。但是今天，他们的目光已经不仅仅停留在这上面了，平安行驶成为了他们目前最大的课题。我们需要的不只是速度，更希望汽车能够智能地分析路况，使我们的出行更安全。这一篇我们就来看看未来的智能汽车吧！

智能汽车有两部分组成：智能公路系统和智能汽车。

智能公路系统

事实说明，单靠提高汽车本身的速度是很危险的，只有使管理现代化、自动化和系统化，才能确保公路交通的畅通无阻，将车祸减少到最低限度。如今，美国科学家研制出的红外线扫描器及微波扫描器实现了高度自动化，如果把它们设置在公路旁，便可起到路旁"信标"

的作用。

　　这种扫描器的工作原理是运用红外线技术或者微波技术，对交通进行监测、识别和管理。一旦发现潜在的危险或问题时，它会马上向有关汽车的司机发出警告信号，如："注意，前方学校放学，慢行！"、"前方发生交通事故，请改道行驶！"、"一辆救护车将在30秒内驶

◆红外线摄像机

过"，这种极其精确的信息将帮助驾驶员避免那些他们自己不可预见的危险。

　　汽车行驶经过路边的扫描器时，车上的发射机和接收机就会自动启用，发送和接收有关的交通信息；与此同时，扫描器也开始工作，一方面把车上的信息送到中央控制设备，另一方面把中央控制设备对信息的处理结果发送到汽车上。这份报告结果对于司机来说是至关重要的，因为它极为详尽地说明了他（她）的汽车应该怎样继续行驶才最安全，其中包括了行驶的路线和方向等。司机可以根据这份报告及时地对原来的行驶线路加以必要的改变或者调整，最后安全迅速地抵达目的地。

◆智能公路

红外线与微波

你在生活中见到了哪些红外线与微波的应用？

红外线是太阳光线中众多不可见光线的一种，由英德国科学家霍胥尔于1800年发现，又称为红外热辐射。太阳光谱上红外线的波长大于可见光线，波长为0.75～1000μm。红外线可分为三部分，即近红外线，波长为（0.75－1）～（2.5－3）μm之间；中红外线，波长为（2.5－3）～（25－40）μm之间；远红外线，波长为（25－40）～1000μm之间。

微波是指频率为300MHz－300GHz的电磁波，是无线电波中一个有限频带的简称，即波长在1米（不含1米）到1毫米之间的电磁波，是分米波、厘米波、毫米波和亚毫米波的统称。微波频率比一般的无线电波频率高，通常也称为"超高频电磁波"。微波的基本性质通常呈现为穿透、反射和吸收。对于玻璃、塑料和瓷器，微波几乎是穿越而不被吸收的；对于水和食物等就会吸收微波而使自身发热；而对金属类东西，则会反射微波。

智能汽车

有了智能公路系统的保障，智能汽车就可以大显身手了。智能汽车是一种正在研制的新型高科技汽车，这种汽车不用驾驶，人们只需舒服地坐在车上享受高科技成果就行了。因为这种汽车上装有相当于汽车的"眼睛"、"大脑"和"脚"的电视摄像机、电子计算机和自动操纵系统之类的装置，这些装置都装有非常复杂的电脑程序。因此，这种汽车能和人一样"思考"、"判断"、"行走"；可以自动启动、加速、刹车；可以自动绕过地面障碍物……在复杂多变的情况下，它的"大脑"能随机应变，自动选择最佳方案，指挥汽车正常、顺利地行驶。

智能汽车的"眼睛"是装在汽车右前方、上下相隔50厘米处的两台电视摄像机，摄像机内有发光装置，可同时各发出一条光束，交汇于一定距

不走寻常路——数字时代的交通 ◁◁◁◁◁◁◁◁◁◁◁◁◁◁◁◁◁◁◁◁◁◁

离，因此，"眼睛"能识别车前 5～20 米之间的台形平面、高度为 10 厘米以上的障碍物。当前方有障碍物时，"眼睛"就会向"大脑"发出信号，"大脑"根据信号和当时当地的实际情况，判断是否通过、绕道、减速或紧急制动，并选择最佳方案，然后以电信号的方式，指令汽车的"脚"进行停车、后退或减速。智能汽车的"脚"就是控制汽车行驶的转向器、制动器。

◆自动泊车

无人驾驶智能汽车将是新世纪汽车技术飞跃发展的重要标志。但智能汽车与一般所说的自动驾驶有所不同，它指的是利用多种传感器和智能公路技术实现的汽车自动驾驶。智能汽车首先有一套导航信息资料库，存有全国高速公路、普通公路、城市道路以及各种服务设施（旅馆、加油站、景点、停车场等）的信息资料。其次是 GPS 定位系统，利用这个系统精确定位车辆所在的位置，并与道路资料库中的数据相比较，确定以后的行驶方向；道路状况信息系统，由交通管理中心提供实时的前方道路状况信息，如堵车、事故等，必要时及时改变行驶路线；车辆防碰系

◆智能车的"眼睛"

◆智能遮阳板

◆智能倒车辅助系统

统，包括探测雷达、信息处理系统、驾驶控制系统，用以控制与其他车辆的距离，在探测到障碍物时及时减速或刹车，并把信息传给指挥中心和其他车辆，紧急报警系统，如果出了事故，自动报告指挥中心进行救援；无线通信系统，用于汽车与指挥中心的联络；自动驾驶系统，用于控制汽车的点火、改变速度和转向等。

从上面的描述我们可以看出，智能汽车实际上是智能汽车和智能公路组成的系统，目前主要是智能公路的条件还不具备，而在技术上已经可以实现，有待于进一步的完善和普及。

然而在智能汽车真正实现之前，已经出现了许多智能辅助驾驶工具，并广泛应用在了现代汽车上。如智能雨刷，可以自动感应雨水及雨量，自动开启和停止；自动前照灯，在黄昏光线不足时可以自动打开；智能空调，通过检测人皮肤的温度来控制空调的风量和温度；智能悬架，也称主动悬架，自动根据路面情况来控制悬架行程，减少颠簸；防打瞌睡系统，由对驾驶员眨眼情况的监测，来判定其是否很疲劳，必要时进行停车报警……这些技术的普及，为智能汽车的到来拉开了序幕。

无人驾驶技术的发展

发达国家从 20 世纪 70 年代起就开始了对无人驾驶汽车的研究，迄今已经有不少无人驾驶汽车问世，其中美国的成绩相对突出。

1984 年 9 月，美国国防高级研究计划局（DARPA）与陆军合作，开始研制世界上第一台地面自主车

◆ALV

辆（ALV）。1989 年，地面自主车样车问世，它利用路标识别技术导航，在较平坦的越野环境中，以 10 千米/时的速度自主行驶了 20 千米。迈出了无人驾驶汽车的第一步。

1995 年，一辆由美国卡耐基梅隆大学研制的无人驾驶汽车 Navlab－V，完成了横穿美国东西部的无人驾驶试验。在全长 5000 千米的美国州际高速公路上，整个实验 96％以上的路程都是车辆自主驾驶的，车速达 50～60 千米/时。尽管这次实验中的 Navlab－V 仅仅完成了方向控制，而不能进行速度控制（油门及档位由车上的参试人员控制），但这次试验已经让世人看到了科技的神奇力量。

2005 年，斯坦福大学设

◆斯坦利

◆无人驾驶技术将实现盲人开车，方便盲人的出行

计的"斯坦利"号赛车在全美无人驾驶机车大赛上首次夺冠。"斯坦利"是由一辆德国大众 SUV 改装而成的无人驾驶汽车。整车改用柴油发动机提供动力，配备有改进型整体刹车盘和增强型前端缓冲器。赛车根据 GPS、6 自由度惯性测量和车轮速度传感器综合评估车辆姿态。在运动时使用四个激光测距仪、单雷达系统、一台立体摄像机和一套单眼视觉系统来感知周边环境。为避免与障碍物发生碰撞，车辆姿态信息每秒与预设数字地图进行 10 次校对。整个处理系统共使用了 7 台奔腾－M 计算机。比赛中"斯坦利"号在无人驾驶的情况下，借助车载传感器、计算机和中央导航系统，自主跑完了设在美国内华达州莫哈韦沙漠中长达 213 千米的全

部赛程，全程耗时 6 小时 52 分钟。据悉，斯坦福大学队为"斯坦利"号赛车共投入经费达 50 万美金。

近几年，随着无人驾驶技术的成熟和完善，各国的无人驾驶汽车纷纷涌现出来，中国也在 2005 年成功研制了首辆城市无人驾驶汽车。专家预计到 2015 年时，第一代智能车将可以躲避碰撞。到 2020 年，第二代声音识别汽车将可以在自动化公路上自行行驶。到 2025 年，第三代智能车将会从肌肉神经脉冲、眼部活动和脑电波接受指令。

我们期待着这些技术早日实现。

不挑食的汽车
——新能源汽车

近几年来，各国汽车工业实现了突飞猛进的发展。世界汽车保有量从6亿多辆将增加到2010年的10亿多辆。汽车在促进经济繁荣、给人民生活带来方便的同时，也带来了能源和环保问题。其中对环境影响最大的，莫过于随着机动车总量的飞速增长而日益严重的汽车尾气污染。

◆绿色美好城市

不希望有一天，我们虽然坐在舒适高速的汽车上，可身边看不到翠绿，抬头看不到蔚蓝，只有灰蒙蒙的城市……我们需要的是一个清新的、可持续发展的世界。未来的汽车不能吃油了，为了环保，换换食谱，也吃点"新鲜"、"健康"的。这一节，我们就一起来看看未来新能源汽车带来的世界吧！

汽车为什么会造成污染？要想知道未来汽车的发展方向，我们必须先了解当今传统汽车的"劣迹"，下面我们就来看看传统汽车和未来新能源汽车的差别吧。

传统汽车

◆传统汽车

　　传统汽车的主要燃料为汽油和柴油，汽车尾气污染正是由于它们的燃烧产生的，而且一辆轿车一年排出的有害废气比自身重量大 3 倍。科学分析表明，汽车尾气中含有上百种不同的化合物，其中的污染物有固体悬浮微粒、一氧化碳、二氧化碳、碳氢化合物、氮氧化合物、铅及硫氧化合物等。这些污染物不仅直接伤害到人类的健康，而且造成的温室效应也在逐步地威胁着整个生态系统。

　　20 世纪 40 年代以来，光化学烟雾事件在美国洛杉矶、日本东京等城市多次发生，造成不少人员伤亡和巨大的经济损失！英国空气洁净和环境保护协会曾发表研究报告称，与交通事故遇难者相比，英国每年死于空气污染的人要多出 10 倍。

石油

　　汽油和柴油都是石油提炼后的产物。石油又称原油，是从地下深处开采的棕黑色可燃黏稠液体。主要是各种烷烃、环烷烃、芳香烃的混合物。它是古代海洋或湖泊中的生物经过漫长的演化形成的混合物，与煤一样属于化石燃料，是不可再生的。石油主要被用来作为燃油和汽油，燃油和汽油是目前世界上最重要的一次性能源。石油也是许多化学工业产品如溶液、化肥、杀虫剂和塑料等的原料。

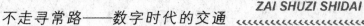

讲解——汽车尾气中各种物质的危害

固体悬浮颗粒：固体悬浮颗粒的成分很复杂，并具有较强的吸附能力，可以吸附各种金属粉尘、强致癌物苯并芘和病原微生物等。固体悬浮颗粒随呼吸进入人体肺部，以碰撞、扩散、沉积等方式滞留在呼吸道的不同部位，引起呼吸系统疾病。当悬浮颗粒积累到临界浓度时，便会激发形成恶性肿瘤。此外，悬浮颗粒物还能直接接触皮肤和眼睛，阻塞皮肤的毛囊和汗腺，引起皮肤炎和眼结膜炎，甚至造成角膜损伤。

一氧化碳：一氧化碳与血液中的血红蛋白结合的速度比氧气快 250 倍。一氧化碳经呼吸道进入血液循环，与血红蛋白亲合后生成碳氧血红蛋白，从而削弱血液向各组织输送氧的功能，危害中枢神经系统，造成人的感觉、反应、理解、记忆力等机能障碍，重者危害血液循环系统，导致生命危险。所以，即使是微量吸入一氧化碳，也可能给人造成可怕的缺氧性伤害。

氮氧化物：氮氧化物主要是指一氧化氮、二氧化氮，它们都是对人体有害的气体，特别是对呼吸系统有危害。在二氧化氮浓度为 9.4 毫克/立方米的空气中暴露 10 分钟，即可造成人的呼吸系统功能失调。

碳氢化合物：目前还不清楚它对人体健康的直接危害。但当氮氧化物和碳氢化合物在太阳紫外线的作用下，会产生一种具有刺激性的浅蓝色烟雾，其中包含有臭氧、醛类、硝酸脂类等多种复杂化合物。这种光化学烟雾对人体最突出的危害是刺激眼睛和上呼吸道黏膜，引起眼睛红肿和喉炎。1952 年 12 月，伦敦发生光化学烟雾，4 天中死亡人数较常年同期多 4000 人，45 岁以上的死亡最多，约为平时的 3 倍；1 岁以下的约为平时的 2 倍。

铅：铅是有毒的重金属元素，汽车用油大多数掺有防爆剂四乙基铅或甲基铅，燃烧后生成的铅及其化合物均为有毒物质。城市大气中的铅 60% 以上来自汽车含铅汽油的燃烧。人体中铅含量超标可引发心血管系统疾病，并影响肝、肾等重要器官的功能及神经系统。由于铅尘比重大，通常积聚在 1 米左右高度的空气中，因此对儿童的威胁最大。

所以要想解决传统汽车的污染问题，就必须寻找新的安全无污染能源，来代替现有的污染源。对此，科学家们早已开始了各种新能源汽车的尝试。新能源汽车是指除汽油、柴油发动机之外所有其他的能源汽车。新能源汽车包括有：混合动力汽车（HEV）、纯电动汽车（BEV）、燃料电池汽车（FCEV）、燃气汽车等等。

纯电动汽车

◆身边的电动车

纯电动汽车是完全由可充电电池（如铅酸电池、镍镉电池、镍氢电池或锂离子电池）提供动力源的汽车。

虽然它已有一百多年的历史，但一直仅限于某些特定范围内应用，市场较小。主要原因是电池蓄电问题。现在，市场上采用的铅酸电池、镍氢电池和锂离子电池，已经可以实现储电量和价格的平衡。因此，无论是家家户户的电动摩托车，还是旅游景点的电动观光车，都已经普及了，那么，下一步就是未来的电动汽车了。

电动汽车由底盘、车身、

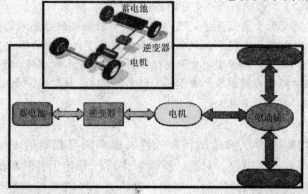

◆纯电动汽车原理

蓄电池组、电动机、控制器和辅助设施蓄电池六部分组成。由于电动机具有良好的牵引特性，因此蓄电池汽车的转动系统不需要离合器和变速器。车速控制由控制器通过调速系统改变电动机的转速即可实现。

从我们身边的电动车，大家能体会到电动汽车的好处吗？首先，无污染、噪声小，这是我们研发新能源汽车的目的。而且由于电力可以从多种一次能源获得，如煤、核能、水力、风力、光、热等，也就解除了人们对石油资源日渐枯竭的担心。第二，结构简单，使用、维修方便。

◆纯电动汽车

第三，能量转换效率高，提高了能量的利用效率。有关研究表明，同样的原油经过粗炼，送至电厂发电，经充入电池，再由电池驱动汽车，其能量利用效率比经过精炼变为汽油，再经汽油机驱动汽车高，因此有利于节约能源和减少二氧化碳的排量。第四，可在夜间利用电网的廉价"谷电"进行充电。夜晚充电，不仅使我们的使用很方便，而且还使发电设备日夜都能充分利用，大大提高其经济效益。正是这些优点，使电动汽车的研究和应用成为汽车工业的一个"热点"。

混合动力汽车

混合动力是指那些采用传统燃料，同时又配以电动机来改善低速动力输出和燃油消耗的车型。按照燃料种类的不同，主要又可以分为汽油混合动力和柴油混合动力两种。目前的国内市场上，混合动力车辆的主流是汽油混合动力，而国际市场上，柴油混合动力车型发展也很快。

混合动力汽车就是在纯电动汽车上加装一套内燃机，其目的是减少汽车的污染，提高纯电动汽车的行驶里程。混合动力汽车的种类目前主要有

◆奔驰 S400 混合动力汽车

◆混合动力君越

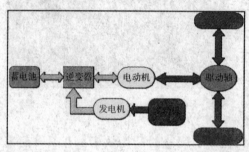

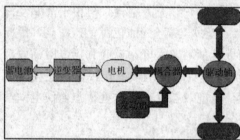

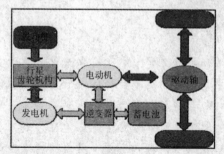

◆三种混合动力汽车原理

三种。第一种是串联式混合动力电动汽车。发动机仅仅用于发电，发电机所发出的电能供给电动机，电动机驱动汽车行驶。发电机发出的部分电能向电池充电，来延长混合动力电动汽车的行驶里程。另外电池还可以单独向电动机提供电能来驱动电动汽车，使混合动力电动汽车在零污染状态下行驶。第二种是并联式混合动力电动汽车。可以单独使用发动机或电动机做为动力源，也可以同时使用电动机和发动机作为动力源来驱动汽车。第三种是混联式混合动力电动汽车。它将发动机、发电机和电动机通过一个行星齿轮装置连接起来。动力从发动机输出到与其相连的行星架，行星架将一部分转矩传送到发电机，另一部分传送到电动机并输出到驱动轴。此时车辆并不是串联式或者并联式，而是介于串联和并联之间，充分利用两种驱动方式的优点。

混合动力汽车的优点是：1. 采用混合动力后可按平均需用的功率来确定内燃机的最大功率，此时处于油耗低、污染少的最优工况下工作。需要大功率、内燃机功率不足时，由电池来补充；负荷少时，富余的功率可发电给电池充电，由于内燃机可持续工作，电池又可以不断得到充电，故其行程和普通汽车一样。2. 因为有了电池，可以十分方便地回收制动时、下坡时、急速时的能量。3. 在繁华市区，可关停内燃机，由电池单独驱动，实现"零"排放。4. 有了内燃机可以十分方便地解决耗能大的空调、取暖、除霜等纯电动汽车遇到的难题。5. 可以利用现有的加油站加油，不必再投资。6. 可让电池保持在良好的工作状态，不发生过充、过放，延长其使用寿命。总之，多种动力源增加了混合动力汽车使用的灵活性。

燃料电池汽车

燃料电池汽车是电动汽车的一种，其电池的能量是通过氢气和氧气的化学作用，而不是经过燃烧，直接变成电能的。燃料电池的化学反应过程不会产生有害产物，因此燃料电池车辆是无污染汽车，燃料电池的能量转换效率比内燃机要高 2～3 倍，因此

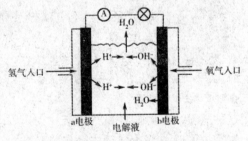

◆燃料电池原理

从能源的利用和环境保护方面，燃料电池汽车是一种理想的车辆。

以氢气为汽车燃料这种说法刚出来时吓人一跳，但事实上是有根据的。氢具有很高的能量密度，释放的能量足以使汽车发动机运转，而且氢与氧气在燃料电池中发生化学反应只生成水，没有污染。因此，许多科学家预言，以氢为能源的燃料电池是 21 世纪汽车的核心技术，它对汽车工业的革命性意义，相当于微处理器对计算机业那样重要。

◆标志"夸克"燃料电池汽车

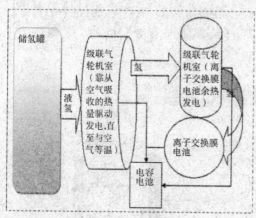

◆氢燃烧发电示意图

燃料电池汽车的氢燃料能通过几种途径得到。有些车辆直接携带着纯氢燃料，另外一些车辆有可能装有燃料重整器，能将烃类燃料转化为富氢气体。单个的燃料电池必须结合成燃料电池组，以便获得必需的动力，满足车辆使用的要求。

与传统汽车相比，燃料电池汽车具有以下优点：1.零排放或近似零排放。2.减少了机油泄漏带来的水污染。3.降低了温室气体的排放。4.提高了燃油经济性。5.提高了发动机燃烧效率。6.运行平稳、无噪声。

但是以氢气作为燃料也存在一定的不安全因素。因为氢与氧如果以固定比例混合就会发生爆炸。为了避免这种危险，车内储备氢气的装置防护设计必须达到严格的标准规格，而且车体的安全装置也要相当稳固牢靠。此外，氢气的保存技术要求也非常高。为了保存氢气，氢气必须被液化，并被压缩到其原来千分之一的体积，还要保存在摄氏零下二百五十三度。为了确保液化氢保存在这个极低的温度，车身钢板的外层与里层之间共有七十层铝和纤维玻璃片。因此氢动力汽车技术需要进一

中国新能源汽车产业始于21世纪初。2001年，新能源汽车研究项目被列入国家"十五"期间的"863"重大科技课题，并规划了以汽油车为起点，向氢动力车目标挺进的战略。

不走寻常路——数字时代的交通

步完善。

近几年来，燃料电池技术已经取得了重大的进展。世界著名汽车制造厂：戴姆勒汽车、福特汽车、通用汽车、本田汽车、现代汽车、起亚汽车、雷诺日产汽车和丰田汽车已经联合签署了关于燃料电池汽车的开发和市场进入等发展方向在内的基本意向书。这次署名的各汽车厂商，估计都在 2015 年以后，将多种燃料电池车商品化，并以在全世界普及数十万台燃料电池车为目标。当然，由于各个厂商在商品化和市场进入时期等方面的战略各有不同，所以，有的燃料电池汽车可能在 2015 年以前就提前进入市场。

新能源汽车的种类还有很多，这里就不一一列举了。相信正如蒸汽机的出现改变了世界一样，新能源的出现会掀起交通工具的再一次革命，让我们翘首以待吧！

◆最早的汽车

◆几款燃料电池汽车

 小 知 识

氢能和传统能源对比

　　氢能是一种二次能源，它是通过一定的方法利用其他能源制取的，而不像煤、石油和天然气等可以直接从地下开采，几乎完全依靠化石燃料。

　　在燃烧相同重量的煤、汽油和氢气的情况下，氢气产生的能量最多，而且它燃烧的产物是水，没有灰渣和废气，不会污染环境；而煤和石油燃烧生成的是二氧化碳和二氧化硫，可分别产生温室效应和酸雨。煤和石油的储量是有限的，而氢主要存于水中，燃烧后唯一的产物也是水，可源源不断地产生氢气，永远不会用完。

天马行空
——其他的交通工具

能漫步在大地上的时候，我们想像马儿一样跑；能驰骋在原野的时候，我们想像鸟儿一样飞；能在空中翱翔的时候，我们想像鱼儿一样在水中游。能在水中穿行的时候，你又想到了什么呢？

未来来之前，我们还有很多时间，让我们放开思路，大胆想象吧……

◆孩子们的想象

下面是科学家们已经想到的其他交通工具，它们中有的还只是概念，有的刚刚开始研发，有的已经有了样品……虽然离我们的生活还有段距离，但已经不远了。今天，就让我们一起在其中体验一下未来的神奇吧！

独轮摩托车

你见过独轮电动摩托车吗？加拿大一位名叫本·加拉克的大学生发明了这种新型摩托车。"独轮"其实只是对它外表的描述，并非只有一个轮

◆优诺

◆雅马哈 R1

子，而这辆摩托车的神奇之处也远不在此。

这台被命名为"优诺"的摩托车外形紧凑简洁，它的不同之处在于：可以通过骑车人身体重心的变化来驾驶，身体向前倾即加速，身体向后仰即减速，身体左右倾斜即转弯。优诺实际上有两个轮子，位于座椅的正下方。两个轮子并排在一起，之间的距离仅有约 2.54 厘米。这个特殊的设计是为了增加车辆的稳定性。当车子转弯时，内侧的车轮抬升，外侧车轮降低，这样就能保证两轮同时抓地，防止发生侧翻的危险。而且，如此紧凑小巧的结构，可以让骑车人即使在车流如织的道路上也能穿梭自如。

优诺的框架是由比普通摩托车更宽的雅马哈 R1 改装而成，这样可以把并排的两个车轮完全罩在车座下。在机器人技术工程师特弗雷·布莱克威尔的帮助下，加拉克为优诺加装了一个回转仪和一个控制系统，既可以保持骑乘者在车轮上的身体稳定，还能控制悬挂。

从理论上来说，优诺的最高时速可达到 64.4 千米，但出于安全考虑，加拉克还没有以 24.1 千米/时以上的速度试行过。他打算进一步改进悬挂系统，以方便骑乘者可以进行大幅度倾身。此外，优诺的控制系统编码也需改写，确保速度提高时车子的稳定性不受影响。相信加拉克会给我们带来更多惊喜的。

你知道吗？

　　加拉克在 17 岁时便萌生了要制造这样一款环保型摩托车的愿望。为此他大学休学了一年，并在多伦多郊外的一家摩托车商店开始了他的研发工作。

双轮电动车

　　看完了"独轮"的，我们来看看双轮的，不要以为双轮的就司空见惯了，这个双轮电动车可不一般。Harsha Vard-han 设计的这款环保概念交通工具，叫做 Transport TW（Transport 是交通工具，TW 是 Twin Wheel 的缩写，双轮的意思），是一个利用磁场制动的概念车。

　　Transport TW 有一个电力系统，电力系统产生的磁场

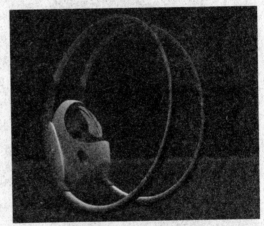

◆Transport TW

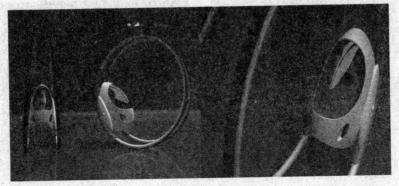

◆TransportTW

用来驱动巨大的轮子转动。轮缘悬浮在超导体上，这里，变化的磁场提供交通工具所需要的推动力。迷你驾驶舱固定在两个大大的圆环轮子上。乘客可以通过驾驶舱的后门出入，通过驾驶舱内的转动座椅来控制。

　　Transport TW 是基于一个电动引擎产生磁场来驱动大轮的转动，因此不会产生污染，也不会有噪音，绝对是一款未来绿色环保概念车。

自动腿

◆Chariot

　　这个名字听起来有点吓人，但它很好地描述了交通工具 Chariot 的特点。由美国 Exmovere Holdings 公司研制的可自我平衡且无需用手操纵的概念交通工具 Chariot，利用使用者下身和臀部的细微移动加以控制，可以使截肢者以及在站立方面有困难的人重新拥有行走能力。

　　Chariot 茧状外壳内部的传感器能够"读懂"来自使用者身体细微的压力变化，预测出他们想要进行何种移动并加以执行。也就是说，使用者可以控制移动的方向和速度，接近自

己设定的目标，整个过程中，他们根本不用动一下手指头。由于采用直立姿态，Chariot 使用者可以直接用眼神与其他人交流，就好像他们

◆Chariot

也站着一样。

据悉，这款电动概念交通工具最高时速可达到 19 千米，而且紧凑的设计允许 Chariot 在轮椅和踏板车无法通行的狭小空间移动，因此能够真正方便残疾人士的出行。公司 CEO 大卫·贝彻科夫（DavidBychkov）表示，这款装置是专为美军伤员设计的。相信它能为残疾人士带来方便的生活。

水下摩托车

前面我们已经讲了未来的水下城市，那么相应的水下交通工具也是必不可少的。不过把摩托车像潜水艇一样开到海里去，这看起来也太离谱了吧！而实际上，这已经出现在未来设计蓝图上了。

俄罗斯的设计师已经制造出了这种水下摩托车，并将其命名为"水之星"。它采用蓄电池作为动力，可到达水下 12 米的深度，水下的行驶速度为 7 千米/时。驾驶者只需将一个看似金鱼缸的透明罩套在头上，就可以摆脱传统潜水服的面具、拟鱼鳍和笨重的氧气瓶。通过操控一个方向盘和一些控制与监测仪器，模驾驶者便可以像鱼儿一样在水下畅游。

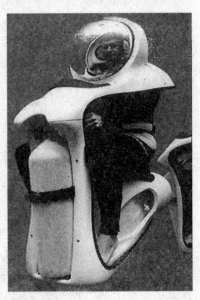

◆水之星

驾驶它既不需要具备任何潜水经验，也不需要具备熟练的驾驶技术，有了它任何人都可以在短短几分钟内体验水底的精彩旅程。

水泵单车

自行车也要赶时髦！连摩托车都能下水了，自行车也想在水面上玩玩。

一位英国运动器材设计师就把目光锁定在无动力的自行车上，设计了

◆水泵单车

一款被称之为"水泵单车"的人力水翼艇。这种能在水面上骑行的"自行车"既没有发动机，也没有推进器，全靠骑手的体力来推动前行。水泵单车上没有车轮，取而代之的是两个水翼。当骑手上下跳动时，水翼便会产生前向的移动力和向上的提升力，让你前进且不会掉进水里。水泵单车的前部还装有一个操纵杆，骑手用它来控制单车的方向。有趣的是，骑上这种水泵单车你必须先从陆地上出发，如果你无法始终保持这种跳动状态，那么水泵单车最终就会停下来沉入水里。一旦真的发生了这样的事，你也只能拖着单车游回岸边，然后重新从陆地上出发。

鱼缸太空船

从水中出来，我们该上天了，雄鹰的高度已经不够，我们希望飞向太空。美国犰狳航空航天公司一贯以开发大胆前卫的太空探险项目让人瞩目，日前该公司又宣布推出一项让人瞠目结舌的大胆计划：研制一艘完全透明的球形"鱼缸太空船"，让前往太空旅游的乘客可以在这个"太空鱼缸"中欣赏到360度全方位的壮观太空景色。据透露，当"鱼缸太空船"正式飞行时，其透明球形船舱中每次可以容纳至少2名太空游的乘客。而且，乘坐"鱼缸太空船"进行太空游的费用也相对便宜，一张船票只要10万美元。

◆鱼缸太空船示意图

不走寻常路——数字时代的交通

据悉，"鱼缸太空船"由多个巨大的圆球组成，而顶部的圆球形船舱则用完全透明的材料制成，就仿佛是一个巨大的鱼缸，它也因此而得名。也正是因为这完全透明的材料，使得太空船一旦升入太空，身处"鱼缸船舱"中的游客便可以一览无余地欣赏到360度全方位壮观的太空景色，从而体会人与太空融为一体的超现实感觉。

未来在什么地方，离我们有多远，还是个未知数。我想只要我们努力，不断地开发创新，未来的生活很快就会到来。

◆鱼缸太空船示意图